セカンドハネムーン

シャーロット・ラム 作

作家シリーズ 別冊
ヨーク・アムステルダム
ー・マドリッド・ワルシャワ
ック・フリブール・ムンバイ

MASTER OF COMUS

by Charlotte Lamb

Published by Harlequin Japan, a Division of K.K. HarperCollins Japan, 2020

シャーロット・ラム

第 2 次大戦中にロンドンで生まれ、結婚後はイギリス本土から 100 キロ離れたマン島で暮らす。大の子供好きで、5 人の子供を育てた。ジャーナリストである夫の強いすすめによって執筆活動に入った。2000 年秋、ファンに惜しまれつつこの世を去った。ハーレクイン・ロマンスやハーレクイン・イマージュなどで刊行された彼女の作品は 100 冊以上にのぼる。

1

二人はアテネ行きの同じ便（フライト）に乗り合わせた。彼がふと窓の外に目を遊ばせるようなとき、つややかな金色の頭がかすかにかしぐのが見える。ブロンドの髪、古典的で上品な鼻、横からしか見えないが、いかにも自信たっぷりなブルーの瞳、形よくカーブした眉。レオニーは、自分の知っているいとこの——正確に言うとまたいとこの——ポールと今目の当たりにする本物の彼とを心の中で比較してみた。彼について知っていることといってもほとんどが新聞のゴシップ欄から収集したもので、彼の財産問題や色恋沙汰（ざた）はしょっちゅう紙面をにぎわしていた。レオニーは少女のころからいとこの冒険ぶりにひそ

かな興味を抱き、ややもすると彼をバイロン的ヒーローとみなしていた。厳しい寄宿女学校にいる間、レオニーにとって彼だけが、華やかな社交界との唯一の接点だった。消灯後、こっそりとつけた薄明かりの下で、レオニーはうっとりとため息をもらす同室の少女たちに、ポールの最新の冒険談を読み聞かせたのだった。何年にもわたって集めた切り抜き記事はスクラップブックにはり、その表紙を茶色の紙でカバーし、生活指導の先生の目をごまかすために"家族のアルバム"と書いたラベルをはっておいた。ときにはだれにも邪魔されないバスルームに入って、浴槽のふちに腰掛けてこっそり記事を読み、野性的でハンサムなポールの写真を見つめては淡い恋心にため息をついたものだった。

寄宿女学校を出てから、彼女は大学に進むよりもロンドンのアートスクールで学ぶ道を選び、そこで出会ったたくさんの陽気な若者たちとの交流の中で、

少女らしいはかないあこがれはいつしか消えていった。アートスクール時代は楽しく、女子ばかりの私立校で修道女のような生活を強いられたあとだけに、まるで牢獄《ろうごく》から抜け出したような気分だった。プードルといっしょにバースに住む伯母《おば》は、将来の職業としてアートを選んだ姪《めい》の選択に賛成していなかったけれど、すでに十八歳に達していたレオニーの決定に口をはさむことはできなかった。

すらっとした黒髪の美人、ギリシアの億万長者の孫娘に出会うまでは、レオニーの父は地方都市の一介の弁護士にすぎなかった。ギリシア女性との結婚で、彼はそれまでとはまったく違う世界に住むことになる。レオニーの母方の祖父母つまり母の両親は娘の結婚に無関心で、ただ、レオニーの曾祖父《そうそふ》にあたる母の祖父だけが、たいした財産もない三十歳の弁護士と孫娘との結婚に反対した。しかしエレクトラ・カプレルは意に介せず、感情のこまやかなそのイギリス青年と結婚し、一年後にレオニーを産んだ。

レオニーが三歳のとき両親は飛行機事故で他界し、父親の姉が幼い少女の後見人となった。エレクトラの祖父、アルゴン・カプレルは、レオニーをギリシアによこすようにと要求して使いを送ってきたが、メリー伯母の返事はきっぱりした拒絶だった。メリー伯母はエレクトラを好いてはいなかったし、弟の結婚にも反対だった。あまりにも生活環境が違いすぎるというのだ。それでも身内に対する強い責任感に駆られて、メリー伯母は姪の教育に力を入れ、弟の娘をギリシアにやろうとはしなかった。アルゴン・カプレルは、もしレオニーを引き渡さなければ相続人として認めないと脅しをかけてきたが、メリー伯母は金銭には無関心で、莫大《ばくだい》な財産などないほうが姪のためだときめつけた。

そういうわけで、レオニーはごく普通のイギリス人として育てられ、パンとバター、プディングとラムチョップで大きくなり、伯母が望んだとおりの容姿とマナーを身につけた女性に成長した。クールで礼儀正しく、いかにもイギリス的なレディー。夏はテニス、冬はホッケーを楽しみ、仕立てのいい服に控えめなメーク、バレエは苦手だが演劇とオペラを好み、似かよった環境の友だちとつきあう。アートスクールでの三年間は、レオニーの人生観を幅広いものにした。いっとき、彼女はジーンズにカフタン、カーリーヘアで夜通しパーティーを楽しんだが、メリー伯母のしつけがよかったのか、自由を謳歌《おうか》する若者らしい熱病が通り過ぎると、生来の落ち着きを取り戻し、アートの勉強に身を入れた。

アートスクールを卒業して広告代理店に就職したレオニーが配属されたのは、さまざまな新製品の宣伝広告を担当する、生き生きした若者のチームだった。給料はかなりよかったし、仕事は刺激的でやりがいがあった。チェルシーの、川から歩いて二、三分のところにフラットを借り、白い小型車を乗り回す活発な毎日が続く。

ある晩、パーティーで、レオニーは一人の男性と出会った。色白でカーリーな黒髪、笑顔が魅力的なレーシングドライバー。会ってから一週間もたたないうちにレオ・アシェンデンは彼女をデートに誘い、それから三カ月間、イギリスにいるときはいつも彼女に会いたがった。プロポーズされたレオニーはうっとりすると同時にその性急さに驚き、しばらく口がきけなかったほどだった。レオはとても抵抗できないような笑顔でこう言った。「黙っているのはイエスという意味？　それともノー？」もちろんイエスだった。

曾祖父のアルゴンは十八年前メリー伯母の拒絶にあって以来一度も連絡してこなかったし、カプレル一族とのつながりについてレオに話す気は毛頭なかったので、ある日レオに、婚約のことをアルゴン・

カプレルに知らせたかときかれ、レオニーはびっくりした。「いいえ、でもなぜ？」彼女はそのあと正直にすべてを話し、ひいお祖父《じい》さんは自分を相続人から除外したし、自分にしても彼に関心はないのだと説明した。レオは妙な表情で聞いていた。それからほんの何週間かあと、レオニーはその訳を理解する。南アフリカの銅成金の娘と婚約したというレオからの手紙がすべてを語っていた。そっけないわびに加えて、二人はうまくいかない運命だったのだと結んであった。心は引き裂かれたが、頭では、レオは金持の相続人としての自分に興味を持ったにすぎないことを認めざるを得なかった。いつの時点で彼が自分の血縁関係を調べたのかわからなかったが、おそらくはかなり初期の段階からだったのだろう。

不思議な偶然で、それから一週間後、ギリシアに来るようにというアルゴン本人からの手紙をレオニーは受け取った。

高齢で健康状態もおもわしくない、と彼は書いてきた。あまり長くは生きられないだろうから、生きているうちにぜひとも身内に会いたいのだと。

レオニーはメリー伯母さんに相談した。眉根を寄せて手紙を読み終えた彼女は、この際出かけるべきだと姪にアドバイスした。「義務は果たすべきね。なんといっても彼はあなたのひいお祖父さんなんですから。もちろん決めるのはあなたよ。もうおとなですもの」

レオニーはギリシアに行くと返事を書いた。そのあとカプレルの所有する企業のロンドン支社から電話があり、アテネへのチケットは予約済みだし、アテネからは自家用ジェットでコーモス島に向かう予定になっていると知らせてきた。電話をかけてきた女性には何も言わなかったが、レオニーはプライドを傷つけられ、老人の高飛車なやり方に抗議する手紙を書いた。

〝自分の旅費は自分で払えますので、のちほどチケットの代金はお返しします〃

アルゴン・カプレルは、招待した側に支払う責任があると、秘書にタイプさせた冷たい手紙をよこし、レオニーはまた、自分の責任は自分でとるとそっけなく書き送り、アテネまでのファーストクラスの料金を同封した。数日後、アルゴンからの自筆の手紙が届く。〝強情者！〃たった三文字の手紙には運賃の領収証が同封されていた。重厚な黒インクの筆跡を興味深く見つめ、レオニーはアルゴンに対して初めて関心を抱いた。

今、何列か前の座席に座るポールも、やはりコーモスに向かっているのだろうか？　彼がカプレルの相続人であることはだれでも知っている。ロンドン、パリ、ニューヨーク、アテネと、常にあちこち飛び回っているジェット族。三十歳で急成長をとげる不動産会社のオーナーであり、モデルふうの美女とスポーツカーに目のない国際的プレイボーイ。一度も結婚していないが、ときどき婚約の噂《うわさ》が流れ、女性関係の華麗さは、何年にもわたってゴシップ記者たちの生活をうるおしてきた。

通路を歩いてきた彼と一度だけ目が合ったが、その表情からして彼はまったくレオニーを知らないようだった。もちろん、知っているはずはない。一族から疎外された部外者なのだから。

アテネで飛行機から降りると燃えるような暑さが襲いかかり、レオニーは頭痛とめまいにくらくらした。受付に近づき、指示されたとおり自分の名を告げると、間もなく背の低い浅黒いギリシア人が現れ、うやうやしく荷物を受け取り、強烈な太陽を浴びてエプロンで待機している小型機の方に案内してくれた。

機内で再びポールと顔を合わせる。彼はふっくらしたシートに、グラス片手にゆったりと座り、サングラスの向こうからもの珍しそうに彼女を見回した。ギリシア人の小男はポールにおじぎをし、いくらかなまりのある英語で言った。「ミス・レオニーをご案内しました」

サングラスの上に、金色の眉がさっと上がる。

「これはこれは！　そうか、君がね……」

その声にひそむ嘲笑《ちょうしょう》のひびきにむっとしていくらか赤くなり、レオニーは形ばかりの会釈を返して座席に着くと、シートベルトを締め、雑誌を広げた。間もなくジェットは明るく輝くギリシアの空に飛び立った。

ポールは首をめぐらして無遠慮に隣席のレオニーを見回す。「そう、ついに姿を現したね」

小さなうなずき以上の返事は必要ないだろう、とレオニーは考え、差し出されたジンの香りがするオレンジジュースのグラスを受け取り、シートにもたれかかって窓の外を見つめた。

「イギリスに住んでいるんだって？」おうへいな視線を離さぬまま、ポールはリラックスした口調で話しかけた。

びくっとして、レオニーは声の主を振り返った。長いこと太陽を浴びてきらめくエーゲ海に見とれていたので、隣にいる男性の存在をすっかり忘れていたのだ。「ええ」

彼はサングラスを外し、レオニーは美しいブルーの瞳に思わず息をのんだ。なんてハンサムな青年だろう！

「へえ、口がきけたんだね」明るく、からかうような言い方だった。「ぼくのいとこには舌がないのかもしれないと思い始めたところだ」

「初めてお会いした方と如才なく会話を続ける才能はありませんの」

彼は唇をゆがめて笑った。「つまり、無口で尊大なアルゴン譲りってわけか。そしてそのことを誇りに思っている?」

「とんでもありませんわ」レオニーにはその比較が気に入らなかった。「言葉どおりの意味で言っただけです。話すべきことがないのに、無理に話題を探すなんて時間の無駄ですもの」

ポールは頭をのけぞらせて笑った。黄金色に日焼けした肌はブロンドの髪をひときわ引き立たせ、ブルーの瞳にまぶしいくらいのきらめきを与えている。「君は確かにカプレルの血を引いているようだ! 男だったらアルゴンは大喜びしただろうに、残念だね」

オレンジジュースを飲んでしまうと椅子の背によりかかり、レオニーは窓からなだれ込んでくる光の洪水に目を閉じた。さっきより高度が下がったようだ。島に近づいたのだろうか?

耳もとでポールの声がした。「コーモス島に着いたらどんな生活が待ち受けているか、知っている? アルゴンの屋敷《ビラ》については?」

「いいえ、母方の親戚《しんせき》については何ひとつ知りませんわ、新聞で読んだこと以外は」そう言いながら、レオニーは反応をうかがうように相手に視線を向けた。

「なるほど、新聞か! それはぼくに対する当てこすり? スキャンダラスな行状をイギリス流の辛辣《しんらつ》さで非難しているの?」ポールは体を傾けてさらに近づき、声をひそめて続けた。「こんないわくつきの男とずっといっしょに過ごすと思うと、怖い?」

「つまらない冗談はやめてください」冷静に言い、レオニーはゴールドブラウンの瞳の端でさげすむように彼を見やった。「そんなことにびくびくするほど子どもじゃありませんわ。あなたがどんな生活をしていようが、わたしには関係のないことです」長い間忘れていた少女時代と、新聞から切り取ったポールの写真をうっとり見つめた夜のことを思い出し、かすかな動揺を覚えずにはいられなかった。十四歳の少女の目には、二十三歳のプレイボーイは別世界に住むおとなに見えた。が、九歳違いということに変わりはないものの、あれから七年たって、二人の年齢の差ははるかに縮まってきていた。

三十歳で、ポール・カプレルはおそろしく甘やかされていた。純銀のスプーンをくわえて生まれ、常に女性たちに追い回され、レジャータイムは仕事の時間にまで食い込む始末。気はいいし頭も切れるのだが、蓄財に専念するタイプではなかった。簡単に手に入る美しい女たちとつきあってきたせいで、異性を一段下の存在として見下す習慣がつき、彼女たちからは一時的な楽しみ以外、何も期待してはいなかった。当然、今まで結婚については考えたこともない――わざわざそんな手間をかける必要があるだろうか?

ときどき、快楽に明け暮れる毎日のふとした瞬間に、彼は自分の世界に漠然としたもの足りなさを感じることがあった。きっと、これ以上の何かがあるはずだ、と彼は心に問いかける。しかし、いつまでも考え込んでいる暇はなかった。また別の美女がどこからともなく現れ、彼はなんの努力もいらない成功の空《むな》しさを知るためにだけ、性懲りもなく飽くなき追求に立ち戻るのだった。ハンサムな顔立ち、とびきりのスタイル、セックスアピール、そして特に莫大な財産が、彼の成功を間違いないものにした。しかしそんな情事のあと、ポールはいつもうんざりするのだった。

このところずっと漠然とした不満を感じてはいたが、ポールには自分が何を求めているのかわからなかった。ただ、お金では買えない何かが、不変の安らぎを、しっとりとした幸福感を与えてくれるに違いないということだけはわかっているのだが……。

今、ジェット機は島の上空を旋回している。レオニーは、灌木林《かんぼく》のうっそうとした緑で覆われた、荒々しく切り立った丘の連なりを、銀色の砂浜を、ポールの瞳を思わせるブルーの海岸線に砕ける白い波頭を、じっと見つめた。

「シートベルトを締めて」とポールが声をかける。

外の景色に見とれていたレオニーは、一瞬いぶかしげに機内に視線を戻し、ポールはため息をついて彼女のシートベルトを締めようとかがみ込んだ。レオニーも我にかえってベルトに手を伸ばし、その瞬間二人の手が触れ合った。不思議なおののきが背すじに沿って駆け抜け、レオニーははっと息を詰める。ポールはかちっとベルトを締めるとすぐに手を引っ込め、座席の背にもたれかかった。

ジェットは着陸態勢に入り、ブルーの水面をかすめるように島に進入する。海岸に着陸するらしい。わずかな衝撃があり、機体は静止した。上の荷物用棚に頭をぶつけないように首をすくめ、ポールはいかにも慣れたしぐさでシートを離れた。立ち上がろうとして雑誌を床に落としてしまったレオニーは、ひざまずいて拾ってくれた彼の手から、妙なぎこちなさを覚えながらそれを受け取った。

さっき手と手が触れ合ったとき、何かが起こったのだ。それがなんなのか、はっきりはわからない。でも、無言のうちに、彼らの間に何かがひらめいたことだけは確かだった。心のたかぶり？　反発？　二人の関係の微妙な変化？　ジェット機から降りるレオニーはひどく彼のことを意識していた。最初にポールが降り立ち、ステップを下りる彼女に手を貸した。背は高いほうだと思っていたレオニーも、並んで立つとポールの肩くらいしかなかった。おそらく彼は百八十センチ以上だろう。ほっそりした体つきのせいで、写真で見た彼は実際より小柄な印象だったのだ。

シルバーのリムジンが彼らを迎えにきていた。アルゴンがこの島の所有者なのだとポールは説明する。アルゴンは小高い丘に城のような屋敷を構え、島に立っているそのほかの家はすべて、ビラで働く人たちか、農民か羊飼いたちの住む家だということだった。アルゴンはもはや島から外に出ようとはしない。彼にとっては島で暮らすのが一番幸せなのだ。カプレルの持っている企業はすべて人に任せてあって、彼は毎日電話や手紙で事業の報告を受けていた。まだあらゆる仕事に首を突っ込んではいるが、人里離れた王国から指示を与えるという方式をとっていた。

「このところだいぶ弱っているんだ」ポールは静かにつけ加えた。

「ひいお祖父さまのこと、愛しているのね？」レオニーは美しい横顔をちらっと見やった。

ポールはいくらか尊大にいとこを見下ろす。「もちろんだ」そういったプライベートな感情については話したくないといった様子だ。彼にとって、少なくともひとつは、犯すべからざる神聖な領域があるらしい！

「ビラにはそのほかにどなたが住んでいらっしゃるのかしら？　ご家族の話を聞かせてくださる？」

「家族？」ポールは眉をひそめた。「アルゴン以外だれもいない。もちろんぼくはいるが」ブルーのまなざしがいとこの上を滑る。「そしてこれからは君が加わる」

「まあ、母のきょうだいが何人かいるものだとばかり……」

ポールは無造作に肩をすくめた。「アレクサ伯母さんはカプリにある島から出ないし、アテネ伯母さんは去年亡くなった。君もたぶん知っているだろうが、二人には子どもがいない。カプレルは子だくさんの家系ではないらしい」

リムジンは舗装道路を滑るように走ってゆく。こんもりした森を過ぎると、広壮な白いビラがぱっと目に飛び込んできた。窓には緑のよろい戸、壁に沿って花をちりばめたようなつる草が這《は》っている。ビロードのように刈り込んだエメラルドグリーンの芝が家を取り囲み、あでやかな花と緑にあふれる花壇は、緑の生地を彩るカラフルな模様のようだった。左手奥にぴかぴかのタイルを張ったプールサイドが見え、プールの周りにあるストライプのパラソルが、白い椅子とテーブルに日陰を作っている。

「キャンプ場みたい」レオニーはなにげなくつぶやいた。

ポールは笑った。「アルゴンにそんな意見は言わないほうがいい。決して喜ばないだろうからね」

笑いはしたもののブルーの瞳は冷たく、ポール自身も喜んでいないらしい、とレオニーは感じ取った。実際、ポールはだんだんといらだちをつのらせていた。彼は地球上のどこよりもコーモスに愛着を持っていたので、この女性がやたらにここをほめないのが気に入らなかった。

リムジンは日陰になったポーチの前に止まった。格子棚にはぶどうのつるが這い、緑色のぶどうの房がほとんど手に触れられるところまで垂れ下がっている。黒い服を着た、年とった女性が足を引きずるようにして出てくると、ステッキで体を支え、ギリシア語で歓迎の叫びをあげた。彼女は足早に近づくポールを抱擁して両頬にキスをし、相手の顔がもっとよく見られるように腕を伸ばして体を離した。

辛抱強くされるままになりながらポールが何か言い、しわだらけの顔は笑みにくずれた。それから彼は振り返り、レオニーを指さす。

老婦人はうれしそうに何か言い、レオニーはほほ笑んでちらっとポールを見上げた。「わたし、ギリシア語は話せませんの」

言葉は通じたらしく、老婦人は失望を隠さなかった。「ギリシア語が話せない？　ああ、なんてことでしょう！」ギリシア語風のアクセントが強い英語で言った。「カプレル家の一員がギリシア語が話せないなんて！」

「この人はイギリス製のカプレルなんだ」ポールの人を小ばかにしたような態度に、レオニーは腹を立てた。「きわめて異質な――ま、いまにわかるさ、クリュート。とにかく、カプレルには違いない」

クリュートはレオニーをじっくりと見回した。

「ええ、そのとおりですとも、ポール。カプレルの、黒髪の系統を引いていらっしゃる」クリュートはにっこり笑った。「カプレル家の一族は金髪か黒髪、どちらかなんですよ。あなたのお祖父さまは黒髪でした。きっとそれを受け継いだんでしょう。ポールのお祖父さまは金髪でしたしね」

レオニーは興味深く耳を傾け、ほほ笑んだ。年老いた婦人は再び早口のギリシア語で話し、ポールはおかしそうに笑った。

「そう、この人には沈黙の才があるんだ、クリュート。何も言うべきことがない場合は決してしゃべらない」彼は眉を上げてひやかした。「ご婦人にしては珍しい才能だと思うね」

「さあ、アルゴンに会いに行きましょう」クリュートはそう言ってレオニーの手をとった。「さっきからお待ちかねですよ」そして意味ありげににこっと笑ってみせる。「手紙のことでひどく腹を立てておいででしたが、かえってあなたに興味を持ったようです」

「もうアルゴンとやりあったのかい？」とポールが口をはさんだ。

「そうなんですよ。イギリスから飛行機代を送り返されたのに腹を立てて」クリュートはくすっと笑った。「あんなに怒ったのは久しぶりで、発作でも起こしやしないかと心配したほどでした。でも、興奮するのもたまにはいい刺激でしょう。血行がよくなりますから」

ポールはまたレオニーに視線を戻した。「誇り高き尊大さか」彼はつくづくと言った。「君は指の先までカプレルだ」

何か言い返してやりたかったが、レオニーはあえて口をとざした。クリュートは先に立ってひんやりした家の中に入ってゆく。内部のすばらしい装飾に、レオニーは息をのんだ。これほどみごとなインテリアを見るのは初めてだった。彼らがまず足を踏み入れた細長い形のサロンには淡いブルーと白の大理石が敷きつめられ、ところどころにモザイクの円《サークル》がはめ込まれていて、その中にギリシア神話のイラストが描かれていた。壁に掛かっている絵の中には、有名な現代作家の作品や、黒い木製の額に納められたピカソの初期のスケッチがあった。華麗で繊細な家具類はフランス帝政時代のもので、あちこちに飾られた色とりどりの花にぬくもりが感じられる。さらに、共布のクッションの載った絹張りの長椅子が適当な間隔をおいて何脚か並んでいた。

クリュートはそういったものに特に目をやるでもなく、足をひきずって歩いていった。

大理石敷きの廊下を通り抜け、堂々とした、太陽のさし込む階段をのぼってゆく。アルゴン・カプレルのベッドルームは、ゆったりと湾曲するエーゲ海に面した、家の正面に位置する部屋だった。

クリュートがノックすると、低い声が中に入るようにとうながした。

枕《まくら》をいくつも重ねた上にもたれるように座っていたのは白髪のがっしりした老人で、荒けずりの顔に、レオニーと同じゴールドブラウンの瞳がきらめいている。

二人は何も言わず、長い間じっと見つめ合っていた。それからアルゴンが深々とした声でこう言った。

「そう、おまえがイギリスの曾孫《ひまご》か！」

「レオニー・ワイルドです。お体の具合、いかがですか？」

「窓のそばに」アルゴンはそれには答えずに言った。「おまえの顔をもっとよく見たい」

傲慢《ごうまん》なもの言いに体を硬くしたが、レオニーは言われるままに窓辺に近づいた。六つの瞳がじっと彼女に注がれる。背すじをしゃんと伸ばして顎を上げ、レオニーはきっぱりと彼らを見返した。

「確かにおまえは母さん似だ」

「ええ、どう見てもカプレルですとも」クリュートは満足げにうなずいた。

アルゴンは何か尋ねるように年配の婦人を見やり、クリュートは無言の問いかけに目顔でうなずいてみせた。

「仕事は楽しいかね？」アルゴンは突然そうきいた。初対面の曾祖父がそのことについて知っているのは意外だったが、レオニーはうなずいた。「はい。とても楽しいし、やりがいのある仕事ですわ」

「そういった方面の素質はあるのかね？」

レオニーはきれいな歯並びを見せてほほ笑んだ。「そう思っています。申し分ない報酬をいただいていますから」

「ここにいる間、絵を描《か》くといい。コーモスは芸術家の天国だ」

レオニーは窓の外を、なだらかに傾斜するビーチから急にせり上がっている丘の景色をちらっと見やった。「本当に、おっしゃるとおりですわ！」

「疲れた」アルゴンは不意にそう言うと枕にもたれかかった。「あす、またここに来て、おまえのことをもっとよく話してもらいたい。今日のところはポールがおまえの相手をするだろう」

顔色のよくないアルゴンを気遣って不安げにいとこを見上げたレオニーに笑顔を見せ、ポールは彼女の腕を取ってドアの方に案内した。

「おやすみなさい、ひいお祖父さま」レオニーは肩越しに言った。

「おやすみ、レオニー。初めて会ったのにゆっくり話せなくて残念だが、あす埋め合わせをしよう」

ポールはクリュートが出てくるのを踊り場で待ち、レオニーを部屋に案内するように頼んだ。彼女は裏庭を見渡せる広々とした部屋にレオニーを案内していった。豪華でエレガントなその部屋は、シャワールーム、テレビをはじめとして、あらゆる近代設備が整い、この上なく快適だった。

「テレビがあってもたいして役に立つわけじゃないんだ」あとでポールは説明した。「穏やかな天気だと映りはいいが、嵐《あらし》なんかだと白い点々が見えるだけだから」

「いずれにしてもテレビにかじりつく時間はないと思うわ。ここにいる日数は限られているし、その間にあちこち見て回りたいし」

ポールは傲慢にレオニーを見つめた。「君が芸術家だってことを忘れていたよ。それでわかった」

「わかったって、何が？」

「なぜそれほど自信があって、手厳しいか。芸術家は常にうぬぼれていて、ほかのやからを見下しているからね」

「そんな分類のしかたは無意味だわ」ランプの光に金髪を輝かし、グラス片手にカクテルキャビネットに寄りかかる魅力的な男性に心を動かされまいと、レオニーはわざとそっけなく言いきった。

ブルーの瞳がきらっと光る。「君が我々のすべてを軽んじているという印象を受けた――アルゴン、このビラ、そしてぼくのことも」その笑顔には嘲笑が隠されていた。「どう、そうじゃない？」

「ひいお祖父さまについてはまだ何も知らないし、あなたについては……」レオニーは肩をすくめた。

「つまり、ご自分の胸に手を当てて考えればわかることでしょう?」

「これは辛辣なご意見だ」ポールはおかしそうに言う。

「口先だけの社交辞令をお望みなら、わたしの意見をきくべきじゃないと思います」レオニーは臆《おく》せずに言った。

「君の意見?」突然瞳に怒りを燃やして、ポールは体をまっすぐに起こした。「君は初めからカプレルを見下げる気で、コーモスのすべてに難くせをつけようと決意してここに乗り込んだ。そんな君の意見などなんとも思っちゃいないさ。かちかちのコンクリートが詰まった頭にしみ込んでゆくものは何もないんだ。冷たいイギリス女の頭にはね!」

とげのある攻撃に、レオニーの瞳にはいまにも涙が浮かびそうだった。正直なところ、彼の非難には多くの真実がふくまれていたけれど、それでもあからさまな怒りには傷つけられた。

「わたし、ここではよそ者《アウトサイダー》だわ。十八年間、ひいお祖父さまはわたしを完全に黙殺なさった。あなたは本当にこう思っていたの? わたしが彼の富と権力の前に、そしてハンサムのほまれ高い魅力的なとこの前にひれ伏すだろうと? わたしが偏見を持っているというあなたの意見は当たっているかもしれない、でも当然といえば当然だわ!」

グラスを置いて近づいてくるいとこを、レオニーは警戒して見守った。彼は深くつぶやくような声で言う。「それじゃ、君はぼくのほまれ高き魅力とやらに関心はない?」

相手の危険をはらんだ表情を恐れると同時に、自分自身の胸のときめきに怖《お》じ気《け》づいて、レオニーは思わず一歩後ろにさがった。

ポールは彼女の肘をつかんで両手を伸ばしたまま、ランプの光に和らげられた、わずかにかしいだ美しい顔を見下ろした。「君の瞳はパンジーの花のようだ。中心が金色になっていて……こんなに冷たくさえなかったら」

「魅力を振りまいても無駄よ」レオニーはぴしゃっと言う。「わたしには効きめはないわ」

ポールは笑い、自信に満ちたブルーのまなざしでいとこの表情を探った。「本当に？　じゃ、どうして首すじの脈がぴくぴく波打っているの？　どうして手が震えているの？」

「放してちょうだい！」レオニーはかすれた声で言った。「口先だけの口説《くど》き文句にはむかむかするわ」

ポールはまた笑ったが、今度の笑いには荒涼とした響きが感じられた。彼はレオニーの腕は放したけれど、目は離さなかった。「口が悪いんだね。教えてほしい――なぜ効きめがないと断言できるの？　恋人がいる？　そんなところだろうね。君のロミオはどんな男？」

「彼とあなたなら申し分なくうまが合うと思うわ！」レオニーは皮肉をこめて言った。「共通点がたくさんあるんですもの。心は空っぽなのに口先だけは達者なプレイボーイ」

「やれやれ」彼はブルーの瞳を細めた。「どうやらその紳士は君を失望させたようだ」

「彼はお金持の相続人と婚約したわ」レオニーは不快そうに言った。「でも、彼のおかげで貴重な経験をしたといえるでしょうね。いろいろ学んだわ」

「ほとんどが苦い経験？」

「苦い薬ほどよく効くっていうでしょう？」

「彼を愛していたの？」

ゴールドブラウンの瞳を長いまつげが隠した。

「そこまで答える必要があって？」

「答えなくてもはっきりしている。そこまで辛辣になったのはそのせいだろうからね。しかし、君はすでにその愛から自由になっている――こう言っても君の気休めになるかどうかわからないが。それにしてもぼくも同類と思われるのは心外だな。少なくとも金持の相続人をハントしたことはないんだ」

「その必要がないからでしょう? 同じテクニックを違う目的のために利用するんじゃない?」

ポールは指先でなめらかな頬に触れ、レオニーはその感触にびくっとした。「かわいそうに、つらい思いをしてきたんだね。家族を失い、恋に破れて――辛辣になっても不思議はない」

レオニーは優しさに弱くなっていた。窓辺に近づき、彼に背を向けて夜空を見つめる。「わたし、疲れたわ。そろそろ休ませていただこうかしら」

「意外だな。君が臆病とは思わなかった」

レオニーは怒って振り返り、優しくからかう彼の目を見て笑わずにはいられなかった。「いいえ、本当に疲れたのよ」

「信じよう。疲れているようには見えないがね。おやすみ」

レオニーは二階の自室に戻り、胸の鼓動が静まるまでしばらく暗闇《くらやみ》の中に立っていた。はるか遠くからあこがれていたポールには乙女心をくすぐるロマンチックなイメージがあった。でも本物の彼にはそれ以上に強烈なものがある。幼いころから教え込まれ、いまや彼女の一部となっている常識は、ポールの魅力に対して警報を発していた。女性と見れば言い寄るのが彼の第二の天性なのだ。本当にレオにそっくり、と彼女は思う。口先はうまいが心の底は怪しいものだ。

「二度とあんな恋はしたくないわ」かぐわしい夜にそうつぶやき、レオニーはその自分の言葉を信じたいと心から願っていた。

2

　コーモスの夜明けはひんやりと快かった。海岸に下りる松並木の小道では、小さな灰色のとかげが小虫を探して素早く走り回り、優美に羽を震わせる華やかな蝶《ちょう》が海あざみにたわむれている。

　日の出とともに目覚めたレオニーは、召使いたちが音もなく歩き回っている階下に下りていった。いささか慌てた使用人たちに呼ばれたクリュートは朝食用の部屋に彼女を案内し、ロールパンとフルーツ、コーヒーを用意した。

　この家でのクリュートの役割はまだよくわからなかったが、アルゴンにとってはかなり重要な存在であることは確かだ。レオニーは海で泳いでもいいかどうか彼女にきいてみた。

「もちろんですとも。水着はありますか？」

「ええ、日光浴をしたいと思っていたので」

　クリュートはレオニーの体を見回した。「きっときれいに日焼けしますよ。ギリシア人の肌はそうなんです」

　朝食を済ませ、部屋に戻ってビーチタオルと水着を用意すると、レオニーはクリュートに教えてもらった小道を下りていった。岩かげで着替え、すぐにひんやりとした海の中に飛び込む。

　彼女は波の下に潜り、仰向けに浮いてまっ青な空を見つめ、魚のようにしなやかに泳いだ。太陽が高くなるにつれ、朝の涼しさは強烈な光に道を譲る。砂浜にビーチタオルを広げ、レオニーはうつぶせに横たわった。しばらくしてサンタンローションを塗り、今度は仰向けにねそべると、けだるい暑さにうとうとと目を閉じた。

声がするまで、砂を踏む足音には気づかなかった。

「気をつけたほうがいい。ここの太陽は強烈だから、油断すると日焼けを通り越してやけどする」

しぶしぶ目をあけると、ポールがタオルを腕に掛け、黒っぽいトランクスをはいてわきに立っていた。彼はからかうような表情でレオニーのスリムな体を見下ろし、若々しい胸のふくらみからすっきりしたおなか、長く引き締まった脚へと、無遠慮に視線を滑らせていった。

レオニーは赤くなって起き上がり、体を隠そうとするように膝を立て、体を丸めた。

ポールも隣に座るとローションのびんを取り上げた。「背中に塗ってあげよう。そろそろ向きを変えたほうがいい」

返事も待たず、彼はローションをてのひらにとって背中に塗り始めた。彼の長い指が肩から背中へとかすかな金色のうぶげをなぞり、腰の方まで下りてゆく。ポールはゆっくりと手を滑らせ、レオニーは思わぬときめきを覚えてうろたえた。

「もういいわ」彼女は急いで言った。「ありがとう」

ふっと手の動きを止めて、ポールはきいた。「きのうはよく眠れた？」

「ええ、おかげさまで」レオニーはぎこちなく体を動かした。「わたし、もう少し日に焼くわ。あなたはこれから泳ぐの？」

「うん」ポールは手を引っ込め、タオルを置いて砂浜を駆け下りてゆくと海に飛び込んだ。レオニーは筋肉質の体が波を打ち、その下に勢いよく潜るのを見守った。彼の体は思ったよりたくましく、無駄がない。〝気をつけるのよ〟とレオニーは自分に言いきかせる。無関心でいるにはあまりにも魅力的な男性だ。ごろんと腹ばいになり、彼女は容赦ない太陽に背中をさらした。

しばらくして上からさっとタオルが掛けられたと

思うと、ポールがすぐわきに横たわった。「それ以上焼かないほうがいい。いちどきに焼くのは危険だからね」

危険なのは日焼けばかりじゃない、とレオニーは皮肉っぽく考えていた。目をあけて横を向くと濡《ぬ》れた髪が彼の頬に当たり、二人の間にはほんのわずかの隙間《すきま》しかないことに気がついた。

明るいブルーの瞳が笑う。「君がここにいるって、クリュートから聞いたんだ。ずいぶん早起きなんだね。いかにもイギリス的だ！」

「クリュートは身内の方？　それとも雇っているの？」個人的な話題を避けてレオニーは尋ねた。

「どっちともいえないな。彼女は十四のときからアルゴンに仕えてきた。家族ではないがただの使用人でもない」彼はにやっと笑った。「正直言って、若いころ、あの二人は主人と使用人以上の関係だったんじゃないかと思うね」

小さな衝撃を受け、レオニーはその感情を顔に出さずにはいられなかった。

「今は年老いているが、彼らにだって間違いなく若いときはあったんだ。なぜ驚かなくちゃならない？　二人とも人間的な心と体を持ったごく普通の人たちだ」

ポールは寝そべったまま、組んだ腕に頭をもたせて、砂で小さな土手を作ってその中に貝がらや海草のきれはしを入れているレオニーを見守った。黒髪の情熱的な顔立ちをしているのに今までその情熱は抑圧されてきて、くだらないイギリス流教育とやらが彼女の周りにガラスの防壁を打ち立てている。まるで氷のクリスタルに閉じ込められた眠り姫のようだ。彼女を見ていると、乱暴にその氷を突き破りたいという欲望がむらむらと湧《わ》き起こる……たとえそのために自分のほうが傷つくことになろうと。この女性の生まれ持った素質からして、ギリシア人としてアルゴンのもとで育てられたほうがよかったかもしれない。厳しい自然とともに暮らしてきた島民と同じ生き生きした肌の色、野性的な顔立ち、すべては間違いなくギリシア人のものだ。

最初は高慢そうでクールなイギリスふうマスクにだまされたけれど、ポールは今、その裏に隠されたギリシアの魂を見てとった。

砂の土手が突然くずれ、ポールは笑った。「砂で何を作ろうが時間の無駄さ。わかったろう？」

レオニーは起き上がって座り、手から砂を払い落とした。「家に帰るわ。アルゴンが待っているかもしれないから」

ごろっと仰向けになって片手でまぶしい太陽をさえぎり、ポールはじろじろといとこを見回す。「それならまず着替えたほうがいい。アルゴンは女性に関してかなり古くさい考えを持っていてね、裸同然の君を見たらびっくりするだろうから」

「この格好で会いに行くつもりはないわ」

「イギリス人のやることはわからないからね」

「熱狂的な愛国者なのね！」レオニーは言い返した。

ポールは笑う。「そうさ、そしてそれを誇りに思っている」

「ええ、よくわかるわ」レオニーも笑いを返して言った。

「君にだってギリシアの血が半分流れているってことを忘れちゃいけない」

レオニーはかすかな当惑を覚えた。「ええ、ちょうどそのことに気づき始めたところなの」

「今までは気づかなかった？」

「本当の意味ではね」

「その事実は知っていたんだろう？」

レオニーは肩をすくめた。「事実として知っているってことと体で感じることとは別のものだわ。ギリシアの血がまじっていると頭で理解していても心で感じたことはなかったの。実際にここに来て初めて、本当の意味で自分がギリシア人だってことを感じ始めたみたい」彼女は眉をひそめた。「いえ、飛行機の窓からエーゲ海を見下ろしたときからかしら。そしてアルゴンに会ったとき……」ふと言葉を切り、レオニーはほほ笑んだ。「イギリスでは血は水よりも濃いっていうわ」

「ああ、でもギリシア人にとってそのことわざにはより深い意味があるんだ。ギリシアでは家族のつながりは緊密だし、家族間の忠誠心や愛情はこの上なく神聖なものだからね」

「わたしの母はそうじゃなかったのでしょう？」

「一族の同意を受けずに結婚して掟《おきて》を破ったと聞いている」

「そして一族から追放された！」

「掟というものはときとして残酷なんだ」

「ずいぶん簡単に片づけるのね！　よくもそんなに独善的な考え方ができるものだわ」

ポールは金色のまつげの下からじっといとこを見つめた。「君の父方の伯母《おば》さんだってアルゴンに負けず劣らず頑固だったじゃないか？　君を決してコーモスによこさなかった」

「アルゴンがイギリスに来ることもできたはずよ。伯母はわたしがひいお祖父《じい》さまに会うことを拒まなかったと思うわ。意志の強い伯母だけれど、公平な人ですもの。実際、伯母がここに来るようにと忠告してくれたのよ」

「もしかしたら、君の相続権を放棄させたことでいくらかやましさを感じているのかもしれない」ポールは冷静に言った。「君も知っているとおり、アルゴンの相続人としての権利を放棄してまで君をイギリスに引き留めたんだ」

「あなたは伯母をご存じないのよ。もし知っていたら、伯母にとって財産など重要じゃないってことがわかると思うわ。彼女はわたしを自立した女性に育ててくれたの。金持でのらくら暮らす人たちを軽蔑《けいべつ》していたわ」

ポールはにやっと笑った。「ぼくみたいな？」

ゴールドブラウンの瞳が無言の答えを与えている。レオニーはくるっと振り向き、岩だらけの小道を家に向かって歩き始めた。ポールはその後ろ姿を見送った。すらっと伸びた背中、しなやかな体つき、太陽に乾いた黒髪が優雅な歩調に合わせてなびいている。くるっと体を回転させ、ポールは片手で砂をすくい、長い指の間からさらさらと流した。細かい砂の銀色のシャワーを見つめるブルーのまなざしに笑いはなかった。

部屋に戻り、レオニーはシンプルなピーチ色のそで無しドレスに着替えた。アルゴンは朝食を済ませてあなたをお待ちかねだと、クリュートは言っていた。レオニーはブラッシングをしながら鏡を見つめ、結局いつものシニヨンに黒髪を結い上げた。こうすると今までの自分に戻ったような気がする。さっき、ビーチでは感情が乱れ、多少自分らしさを失っていたようだ。こうした変化を慎重に考えてみるためにも、まず自分をしゃんとさせる必要があった。この新しい変化にポールがどれほどかかわっているかはわからない。でも、彼がすでに自分に対して深い影響力を持ち始めていることは事実で、レオニーは不安だった。突然ギリシアの身内に会っただけでも相当動揺したのに、それ以上の混乱は願い下げだ。

アルゴンは浅黒い顔を笑みにくずして、心から彼女を歓迎した。

レオニーは思わずかがんで老人の頬にキスをし、彼はごつごつした手で曾孫《ひまご》の手を握った。

レオニーはベッドわきの絹張りのソファに座り、彼に笑いかける。

「それで、落ち着いたかね？」

「はい、おかげさまで。とてもすてきなお部屋ですのね。ありがとうございます」

アルゴンはそのお礼の言葉を退けるようにさっと手を振った。「クリュートから聞いたが、けさはポールとビーチに行ったそうだね？」

「ええ、泳いだり日光浴をしたりしてきましたの」

「で、ポールをどう思う？」ブラウンのまなざしはじっと相手をうかがっている。

レオニーはためらい、それから肩をすくめた。

「残念ですけれど、わたしたち、お互いにうまが合わないようですわ」

アルゴンは目をきらめかした。「なるほど。意見の衝突かい？」

「というより、武装中立というべきかもしれません」レオニーは冗談めかして言った。

「それはいい」アルゴンはうなずいた。

レオニーはあっけにとられる。「いいって……？」

「男と女の間にはひとつの関係しか成り立たない――肉体的な引力、つまり性的な関係だ。人々の言うプラトニックな愛なんてものは無関心の別名にすぎん。もしおまえとポールが気軽な友情を結んだとしたら、それはお互いに魅力を感じていないということになる」

レオニーは頬が燃えるように熱くなるのを意識した。「わかっていただけたと思いましたのに。わたし、ポールが魅力的だとは思いませんわ。どちらかというとあまり好きなタイプでは……」

背後でドアがあき、噂《うわさ》の主が部屋に入ってきた。レオニーはまごついて振り返り、二人の視線は一瞬からみ合った。

「どうぞぼくのことは気にしないで、続けて、レオニー。ぼくはおとなしくしているから」

アルゴンはおかしそうに笑い、二人を交互に見比べた。「ちょうどよかった、ポール。おまえたちに話があったのだ。こっちに来てレオニーの隣に座りなさい」

ポールは椅子を引いて長い脚を投げ出すようにして座り、まつげ越しにレオニーのドレスとヘアスタイルを値踏みする。最初に会ったときの堅いイメージを取り戻しているいとこに気づいて、ポールはひそかにほほ笑んだ。

「レオニー、おまえがイギリスに残ることになって以来、わたしはおまえを相続人から除外した。そしてわたしは約束を守る男だ。神の意志によってポールがただ一人の男子相続人であるからして、今までずっと彼を主な後継者と定めてきた。それは衆目の一致するところだが」アルゴンはポールに視線を移した。「ポール、おまえには好きなようにさせてきた。レオニーの前だからといってきれいごとは言うまい。もうお互い、身内なのだからね。わたしは今まで、おまえの生活ぶりには眉をひそめてきた。つまらん気晴らしにうつつをぬかし、ビジネスに身を入れるでもない。過去の経験から判断して、もしおまえに全財産を遺《のこ》したら、おそらくほとんどを遊びに費やしてしまうだろう」

ポールは体をまっすぐにして座り、真剣な面もちで聞いていた。ブルーの瞳にいつもの陽気さはない。

「その意見に反論するつもりはありません。しかしほんの一週間前まで面識のなかった女性の前で非難されるのはうなずけませんね」

「ある理由のために、二人の前で話すことにしたんだ」アルゴンは重々しく言った。「おまえの過去の行状とレオニーの人となりを考えあわせて、すべてをレオニーに遺すことに決めたからだ」

ポールは何も言わず、レオニーは飛び上がらんばかりに驚いて反対した。「いいえ！」彼女は目を丸くしてアルゴンを見つめる。「そんなこと、いけませんわ！　今までずっとポールと約束してきたのに……」

ポールは激しくさえぎった。「頼む、余計な口出しは無用だ！　女性に助けてもらうつもりはない。アルゴンには自分の財産をふさわしい人物に遺す権利があるんだ。ぼくには財産など必要ない。たいして成功していないというアルゴンの評価が正しいとしても、少なくともぼくの会社は倒産したわけじゃないし、今持っているものだけで十分やってゆけるんだ」

「でも、そんな不当な財産、欲しくありません！」

「君がどう思うかは問題じゃない」ポールは肩をすくめた。「君にはぼく同様正当な権利があるんだ。現在会社を動かしている連中はこの先も、ずっと仕事を続けてゆくだろうし、君は何もせずに金が増えてゆくのを見守ってりゃいい」

「信頼してくださったことはうれしく思っていますけれど」レオニーはアルゴンに視線を戻した。「本当にこんなふうにしてほしくはありません。とんでもないことですわ」

アルゴンは小さくほほ笑んだ。「おまえは気だてのいい娘だ。いいかね、ポールには自分を証明するチャンスがいくらでもあったのに、そうはしなかった。カプレル家の身代を下らん遊興に浪費されたくはない。おまえに会ってからは、おそらくおまえなら、わたしの財産に対してもっと慎重になるだろうと感じたんだ」

「ポールだって、いまに変わりますわ……」

「三十歳といえばもう子どもじゃない」アルゴンはきっぱりとさえぎった。「わたしにしても、いずれ彼が落ち着くだろうと、そして責任感に目覚めるだろうと期待していた。ところがいつまで待っても同じような生活を続けている。ポールが求めているのは浮ついた楽しみ以外の何ものでもないらしい」

「あなたの決定を受け入れます、アルゴン」ポールはさっと立ち上がった。「レオニーと話があるでしょうから、ぼくはこれで」

「いいえ」レオニーもまた立ち上がる。「ひいお祖父さま、どうかこんなことはなさらないで……」

「ほかにも方法はある」とアルゴンは静かに言った。

レオニーは期待をこめて曾祖父《そうそふ》を見下ろした。「ほかに？」

ポールはドアのノブをつかんだまま立ち止まった。

アルゴンは注意深く二人を交互に見つめた。「結婚することだ」

その言葉は果てしない沈黙の中に落ち、ポールは黙ってドアをあけると、突進するライオンのように部屋から飛び出した。アルゴンの鋭い声が彼をその場にくぎづけにする。

「おまえたち二人が結婚すれば、わたしは財産をそっくりカプレルの将来のために遺すことができる」

アルゴンはポールの背中に向かって言った。「おまえたちはまたいとこだから、たとえ血のつながりはあっても問題はない。ポールには自分で妻を見つける気はなさそうだし、レオニー、おまえにも心に決めた相手はいないようだ。第三者が結婚を強要できる時代じゃないのは承知しているが、この取り決めが賢明なものだということはいずれおまえたちにもわかると思う」

「賢明ね！」ポールは相変わらずこちらに背を向けたまま、憤然として言った。

「二人とも、このことについて考えてくれないか」アルゴンは穏やかに言う。「急いで結論を出す必要はないが、わたしがそれほど長く生きられないことは念頭においてほしい」

「もし、わたしたちが断ったら……？」レオニーはひび割れた声できいた。

「すべてをおまえに遺すことになる」

彼女は息をのんだ。「相続権を放棄することもできますわ」

「そうなった場合には、いつでも博物館などの公共施設に寄付できる」

「まさか、ポールからすべてを取り上げるわけではないでしょう？」

「正にそういうことだ」

「ポールだって遺言に異議を申し立てることができるはずです」

アルゴンは笑った。「ポールはそんなことをする男じゃない。あまりにもプライドが高いからな」

「異議の申し立てをするつもりはありません」ポールははっきりと言い、ようやく振り返って硬い表情で曾祖父を見つめた。「プライドについて言えば、財産のために、ぼくがまたいとこに身売りするとお思いですか？」

「レオニーと結婚すれば財産はおまえのものだ」相変わらずの冷静さでアルゴンは言った。

ポールの顔は引き締まり、レオニーはどうしたらいいか途方に暮れた。「でも……」

何か言おうと口を開いたレオニーを、アルゴンは血管の浮き出た手を上げて制した。「しかし言っておくが、企業内の大きな改革などをする場合、ポールにはおまえの承認が必要になるだろうし、おまえの同意なしには多額の預金の引き出しもできなくなる」

「ぼくが名目上の家長であっても、最終的な決定権はレオニーが持つ、そういうことですね？」ポールは冷ややかに念を押した。

「そのとおり。実質的な権限はレオニーが握り、おまえはコーモスの首長《マスター・オブ・コーモス》になる」

ポールは苦々しい笑いをもらす。「空《むな》しい称号だ」

「決めるのはおまえだ」アルゴンは言った。「わたしは疲れた。そのうちに返事を聞かせてもらおう」

二人は黙って部屋を出た。ポールは先に立って庭に下り、太陽を浴びてまぶしく輝く芝の真ん中に立ち止まって空を仰いだ。

「アルゴンは本気じゃなかったのよ」長びく沈黙に耐えきれなくなって、レオニーが口を開いた。

「ああいったことに関して、アルゴンは決して冗談は言わないんだ」ポールは両手をポケットに突っ込んだ。それからタイガーのように落ち着きなく芝の上を行ったり来たりし、ふいに立ち止まってレオニーを見つめた。「どうすべきだと思う？」

レオニーはびっくりして目を見開いた。「どうって、もちろん断るしかないでしょう？　あなたの人生ですもの、アルゴンの指図どおりにすべきじゃないわ」

「そうなれば君がカプレルの財産を受け取ることになる」ポールは事務的に言った。「親愛なるまたいとこにお祝いを言おう――おめでとう」

レオニーは顔から血の気が引くのを感じた。「わたしは辞退します。ご心配なく」

「だったらギリシアに宮殿のような博物館が立つまでだ」

「アルゴンが本気でそんなことをするはずはないわ。彼は心からあなたを愛しているんですもの」

「ビジネスに関する限り、アルゴンが私情を交えることはない。彼はぼくを無能だと判断したんだ。もう考えを変えようとはしないだろう」

「ここに来るべきじゃなかったわ」レオニーは独り言のようにつぶやいた。

「今さら後悔しても無意味だ」ポールはそっけなく言い、無表情なブルーの瞳で彼女を見やった。「もう一度きくが、君はどうしたい？　決定権は君にあるんだ」

レオニーは不安げに相手の視線を受け止めた。「この結婚を受け入れようという意味？」

「もしも君が望むなら、喜んで結婚するという意味だ」

「お金のために？」

　ポールは表情を硬くした。「なんのためかはぼく自身の問題だ。君はただ決めればいい」

「結婚しようと思った理由を知る権利はあるはずよ。さっきあなたはきっぱりとはねつけたでしょう？　どうして急に考えを変えたの？」

「たぶん、君ほど結婚の形態にこだわっていないからだろう」

「でも、急に風向きが変わったわ。お金のために身売りはしないと言ったのに」そう言ってしまってから慌てて口をつぐんだが、もう遅すぎた。ポールの冷たい表情は、内部の怒りを隠してはいない。

「少し考える時間があったからだろう」彼は凍りつくような声でつぶやいた。

「まあ、それだけのことで？」野性的でハンサムな顔を見つめるレオニーの胸に、傷つけられた憤りが湧き上がってきた。さっき、相続権を取り戻すための結婚をにべもなく断った態度に心を動かされたが、今は彼を軽蔑していた。「ほんの何分かの時間がたっただけで自分をせりにかける気になったというの？　女性好みのゴージャスなペットというわけ？　そう、今までの生活からすると、そんな取り引きはなんでもないのね？　これまでだって愛をお金で買ってきたようだから。でも残念ながら、わたしは愛を売り買いするなんて考えたこともないわ」

　氷が張り詰めるようにゆっくりと表情がこわばってゆき、きらきらと冷たいブルーのまなざしがレオニーを射抜いた。「それなら今から考えればいい」

　腹を立ててくるっと振り向き、レオニーはビーチに下りる小道の方に歩き始めた。一人になって自分の本当の感情を確かめたかったのだ。あとを追ってきたポールは、家からは見えない松並木の陰でレオニーの肩をつかみ、引き留めた。

「放して！　一人で行けるわ。あなたがそばにいたら考えられないでしょう？」

「ぼくの存在が気になる？」

「いらいらさせられるわ」レオニーは意地悪く言った。「甘やかされたいくじなし！」

「それはどうも」ポールは気味が悪いほど静かに応じる。「どこから見てもぼくではご不満ってことらしい。ゴージャスなペットか。まあ、君がこの取り引きを渋るのも当然だ」彼は皮肉っぽく唇をゆがめた。「君にしてみれば、なにもわざわざぼくと結婚しなくたって財産は手に入るわけだからね」

レオニーはひるんだ。「自分を哀れむのはやめて！」惨めさに押しつぶされながら、なぜこんな気分になるのか原因を突き止めようとしたけれど、そうするにはあまりにも疲れていた。ここに来るべきではなかった。ポールやアルゴンと会わなければよかった。もしアルゴンのもくろみに気づいていたら、イギリスからはるばる来はしなかっただろう。青ざめたレオニーの顔にほつれ毛がはらっと落ちかかり、ポールはそれを上手にピンの間に戻した。長い指が黒髪をさまよい、レオニーはびくっと震える。

なぜかそれはポールの気に障ったようだ。彼はさっと体を硬くし、手を引っ込めた。「ぼくに触られるだけでぞっとする？　もし夫婦生活のことを考えて怖《お》じ気《け》づいているなら、結婚はしてもプラトニックな関係を保つという協定を結べばいい」

あまりの屈辱に、レオニーはどう答えるべきかわからず、怒りに息を詰めた。「もしわたしがこのばかげた結婚話に同意するとしたら、間違いなくその条件付きにしていただくわ」彼女は押し殺したような低い声で辛辣《しんらつ》に言った。

ポールは乾いた笑い声をあげる。「当然だろうね。便宜上の結婚だ」

「もしお互いにだれかほかの人を好きになったら、

結婚を解消できるのね？」

「認めよう」ポールは両手をポケットに入れ、かかとに体重をのせて体を揺らした。「じゃ、この取引きは成立？」

レオニーはちゅうちょした。「そんなに急がせないで」

「アルゴンはなるべく早く返事を聞きたがっている」

レオニーは途方に暮れ、あきらめたようなしぐさをした。「それは……ええ……」

ポールはすぐさまきびすを返し、それ以上何も言わずに家の方に向かって歩き始めた。不意に激しい不安に襲われたレオニーは待ってほしいと彼の背中に叫んだ。「わからないのよ……わたしにはできないわ……もっと時間をちょうだい」

その声が聞こえたふうもなく、ポールは振り向きもせずにそのまま歩き続け、じきに視界から消えた。

レオニーはしゃがみ込み、絶望感にとらえられてむせび泣いた。

思わぬ成りゆきに神経はずたずたに引き裂かれていた。こんな重荷まで背負い込まされなくとも、コーモスに来るだけでさえ相当心に負担がかかっていたのに。アルゴンの独断的なやり方はレオニーを唖《あ》然《ぜん》とさせた。初めのうち、まさか彼が本気だとは思わなかったが、それが単なる脅しではないとわかってからほんの何分かの間にアルゴンはさらに話を進め、またいとこ同士の結婚まで持ち出して二人を仰天させたのだった。

少女時代のまたいとこへのあこがれは、彼女自身かすかにしか意識していなかったけれど、今でも心のどこかに甘美な秘密として残っていた。アルゴンはこのひそやかな優しい気持を、早すぎる春の訪れがときとしてつぼみを枯らしてしまうように、踏みにじった。表面的にそう見えるよう、もし本当にいとこに対して無関心であったなら、これほど苦しまなかっただろう。でも、ポールを夫として受け入れるか拒むかの二者択一を迫られた今、彼との間に芽生えるかもしれなかった幸せの可能性は失われてしまった。ポールのプライドは、こんな立場におかれることを喜ぶはずはない。二人の関係は決してもとどおりにはならないだろう。

涙の跡をぬぐい去ると、レオニーは家に戻った。ポールはすでにアルゴンの部屋にいた。

「ポールから聞いた」アルゴンは節くれ立った手を差し伸べてほほ笑みかける。「とても喜んでいるんだ。いまにわかる――すべてはきっとうまくいくだろう」

レオニーはポールの視線を避けて老人のキスを頬に受けた。

「結婚式は早くしてほしい」アルゴンは言った。「わたしにはあまり時間がないんだ。死ぬ前におまえたちがちゃんとした夫婦になるのを見届けたいからね」

「死ぬなんて、お考えにならないで」レオニーは優しくたしなめた。

「長くて三カ月の命だとドクターに言われている」

レオニーははっと息をのんだ。「まあ、なぜそのことを話してくださらなかったのですか？　ほかの医者に診てもらうべきですわ。もしかしたら誤診かもしれませんもの」

アルゴンは白髪を振った。「彼は世界一のドクターだ。いずれにしても、宣言されるまでもなくわたし自身気づいていたが、それでこれほど性急にことを運んだわけだ。死ぬ前に遺産問題をはっきりさせておきたかったのでね」彼はレオニーの手を取ってポールにあずけ、二つの手を両手でそっと包み込んだ。「さあ、ポール、キスをするんだ、契約のしるしに」

レオニーは、こわばり、青ざめた顔を上げた。氷のようなキスが唇をかすめる。二人とも、彼らの前に激流が横たわっていることを知っていた。

3

結婚式はコーモスで挙げてほしいというのがアルゴンの要望だった。アテネで式を挙げるとなれば、特に会いたくもない客まで招待しなければならなくなる、とアルゴンは説明した。「近い親族はごく限られているが、遠い親戚《しんせき》となるとかなりの人数にのぼるし、彼らはみな式に招《よ》ばれることを期待するだろう。もちろん、それ以外の大勢の友人知人もだ。そういった人々をもてなす気力はわたしにはない。わたしはただ、おまえが島の小さな教会で、昔からのしきたりどおりにポールに嫁ぐのを見たいだけだ」アルゴンは不安そうに曾孫《ひまご》を見つめた。「我々の教会で式を挙げてくれるね？　おまえの伯母《おば》さんがイギリスふうの教育をしてきたのは知ってるが、我々一族は常にギリシア正教会に属してきたし、島の連中も、今まですべてのカプレルが踏襲してきたやり方で式を挙げない限り納得しないだろう」

「ギリシアの宗教については何も知らないんです」レオニーはおずおずと言った。

「おまえにわかりやすく説明するように、わたしから神父さまに頼んでおこう。バシリウス神父はとてもいい方だ。きっと好きになれる」

オリーブの木立の影がくっきりと黒く、丘の空気が微動だにしないある日の午後、ポールはレオニーを教会に連れていった。風はなく、海さえもなりをひそめている。

セント・ソフィアという小さな教会は古い石造りで、屋根はちょうどたまねぎのように先がとがった丸屋根だった。その上には風雨にさらされた金めっきの十字架が光っている。

「中世の建物なんだ」とポールは教えた。「島の人々は何世紀にもわたってここで祈ってきたし、我々一族も何体もの聖像《イコン》を寄進してきた」

薄暗い教会の内部はひんやりと快く、ドアに向かって並ぶたくさんの銀のイコンが神秘的な輝きを放っていた。イコンの前には何列ものろうそくがともっている。信者たちがさまざまな願いをこめてろうそくをともすのだと、ポールは説明した。子どもをさずかるようにと祈る母、妻に男の赤ちゃんを望む男、他界した身内の冥福《めいふく》を願う遺族――。青い炎がぱっと揺らぎ、銀のイコンをきらめかした。ポールの話では、祈りが聞きとどけられた信者が、教会にイコンを献上するならわしだということだった。ポールは一列全部のろうそくに火をつけ、頭を垂れてうやうやしく祈り、それからセント・ソフィアのイコンに唇を押し当てた。きっとアルゴンのために祈っているのだろう、とレオニーは思い、心を動かされた。こういった儀式には感動的な美しさがあった。

バシリウス神父はすぐにやって来た。やせていて背が高く、黒い髪に黒い帽子、長い法衣《カソック》を着た神父は、ポールがここに来たわけを話すと顔を輝かした。

「お二人の式を司《つかさど》ることができるのはこの上ない喜びです」神父はポールの両頰にキスをした。「おめでとう、ポール」彼はレオニーに笑顔を向ける。

「もしこの男があなたを大切にしなかったら言ってください。彼に神のおそろしさをたたき込んであげましょう」

ポールが、許嫁《いいなずけ》にギリシアの信仰について教えてほしいと頼むと、神父は快く引き受けた。「いつ教会に来られますか？　結婚式の日まで週に一度、そう三十分くらい話し合えると都合がいいのですが、わたしのほうは火曜日の午前中、十一時から十一時半まであいています。それでよろしかったら」

レオニーはその時間でいいと答え、レモンジュースを一ぱいどうかという神父の誘いを辞退して、二人は教会をあとにした。

「ぼくたちは話し合うべきだと思う」家に着くとポールが言った。「家ではクリュートが聞き耳を立てているから、だれにも邪魔されないビーチに行かないか？」

二人はそのあとビーチに下り、それぞれ目には見えないよろいをまとってはいたが、一見したところ和気あいあいと、水しぶきを上げ、波間に潜り、ともに泳いだ。

泳ぎ疲れると、彼らはタオルの上に寝そべって体を焼いた。レオニーは、日焼けした胸を上下させて荒い息をしているポールの存在をひしひしと意識していた。ブロンズ色の体に水滴がきらめき、明るい金髪は濡《ぬ》れたせいで色を深めている。

「ずいぶん静かだね」ぐるっと体を回転させ、ポールはじっとフィアンセを見つめた。

「たいして話すこともないわ」彼の視線に内心どぎまぎしていたけれど、レオニーはすげなく答える。

彼はくすっと笑った。「そうだったね。君が余計なおしゃべりに時間をつぶさないってこと、忘れてたよ。でもレオニー、ぼくたちはもっとよく知り合うべきじゃないかな？」

「わたしはすでにあなたのことをいろいろ知ってるわ、忘れて？」

「そうだったね」ポールは今までにない自嘲《じちょう》を響かせて言った。「これからは、ぼくに関するすべてのファイルが君の手中に握られることを覚悟しなければならないんだった」

その言葉はいみじくももう一つの真実を言い当てていて、レオニーはびくっとし、顔を赤く染めた。

「どうかした？」ポールはけげんな顔つきで相手を見守る。

レオニーは笑おうとした。「昔、母方の親戚について知りたくて、あなたに関する新聞記事を切り抜いておいたの。今、あなたがファイルと言ったものだから……」

「これは驚いた。それほど野次馬根性旺盛《おうせい》だとは思わなかったな」

「母方の親戚の中で新聞をにぎわしていたのはほとんどあなただけだったわ。アルゴンの記事はそれほど出なかったし」

「アルゴンはいつも相当用心深かったから」ポールは考え込んだようにいとこを見守った。「そう、ぼくに関するスクラップブックを持っていたのか。で、どんなことがわかった？」

「おもにガールフレンドたちの名まえ」

ポールは面白そうにきらっと瞳をきらめかせた。「みんな、それぞれにチャーミングだったろう？ぼくの記憶が正しければ」

「もちろん正しいわ」

「君のほうはどうなの？　最近の失恋以外に、今までどんなタイプの男性とめぐりあった？」

「三年間のアートスクール時代にいろいろな人と知り合ったわ」

「芸術家のたまご？　ぼくの知る限りでは、彼らは常識を無視した自由人、そう？」

「みんな人生を楽しんでいた……」

「ふーん」ポールはレオニーのおなかの上に砂をさらさらと落とした。「昔を懐かしんでいるような言い方だね。君もいっしょになって楽しんだの？」

「修道女みたいな生活をしてたわけじゃないのよ」

ポールは驚いたような顔をした。「まさか、君まで……？」

レオニーは笑った。「いいえ、フリーセックスとは無縁だったわ。学校には陽気で騒々しい、愉快な仲間がいただけ、特別な人はいなかったの。わたしはみんなといっしょにわいわいやっていたわ」

ポールは彼女のおなかから砂をはたき落とした。レオニーはその手の動きを痛いほど意識する。「そう、寄宿学校のあとアートスクールに行ったのか。ごく限られた社会に閉じ込められて――本当の家庭ってものがなかったんだね」

「伯母はわたしのためにできるだけのことをしてくれたわ、でも……」レオニーは肩をすくめた。

「かわいそうに」ポールはしんみりと言った。「ぼくたちが結婚したらどこに住みたい？」

レオニーは当惑した。「でも……コーモスに住むのだとばかり……」

「ここに？」ポールは笑った。「ぼくはこう見えてもビジネスマンなんだ。ギリシアの孤島じゃ仕事にならないよ。老人ならいざ知らず、ぼくたちは大都会に住まなくちゃ。君の好きなところでいい。パリ、ロンドン、ニューヨーク……」

世界じゅうのどこの都会を選んでもいいと言われ

て、レオニーは思わず目を丸くした。

「どうしたの、まるで鳩が豆鉄砲くらったような顔をして?」ポールはレオニーの幻惑されたような表情を見て楽しそうに笑った。「ぼくの意見を言っていい? 反対ならそう言えばいい」

「ええ」

「君はイギリスに住みたいんじゃない? もしそうならイギリスのいなかにすてきな家を探そう。でも当面はパリにあるぼくのフラットに落ち着く。何もかもそろっているからすぐにでも暮らせるし、君の意にそまなかったら時間をかけてほかのフラットを探すこともできる」

「しばらくパリに住むのもすてきね」

「じゃ、それでいい?」

「ええ」

ポールは再び仰向けになって体を伸ばし、目を閉じる。「よし、これで決まりだ」彼はあくびをし、もぐもぐとつぶやいた。「うーん、すごく暑いね。とかげにでもなった気分だ」

レオニーは手を伸ばし、いとおしげに日焼けした肩に触れた。「とかげって感触じゃないわ」

肩の筋肉がぴくっと張りつめたが彼は何も言わず、レオニーはやけどでもしたようにさっと手を引っ込めた。それまでのくつろいだ雰囲気は一瞬にして消滅し、レオニーは、二人の間に暗黙のうちに引いた一線を踏み越えたことを深く悔やんだ。せっかくポールが友好的な話題を提供してくれたのに、不用意なしぐさひとつで強制された結婚を浮かび上がらせ、鉄のカーテンを下ろしてしまった。結婚を受け入れたとき、ポールのプライドは大変な打撃を受けたに違いない。克服するのに長い時間がかかるだろう。

悔恨を、レオニーは苦い怒りにすりかえた。「結婚してから別居することもできるでしょう? コーモスに住むのでない限り、わたしがどこにいようがアルゴンにはわからないと思うわ」

ポールは表情を硬くした。「冗談じゃない！　プラトニックな結婚を受け入れるだけでも相当なことなのに、その上アルゴンをだますのはごめんだ」彼は立ち上がった。「これ以上の言い合いになる前に家に戻ったほうがよさそうだ」

レオニーは黙って従う。偉そうに歩く男性のあとからすごすごとついてゆく女性——はたから見たら典型的なギリシア人夫婦に見えることだろう。レオニーはそんな想像にくすっと笑い、ポールは振り返って何がおかしいのかときいた。

「べつに何も」

「ぼくをからかうとどうなるか、わかっている？」

レオニーはポールを押しのけ、全速力で家に向かって走り出した。ちょうどポールが追いついたのが家の前で、二人が玄関ホールに飛び込んだとたん、クリュートとぶつかりそうになった。老婦人の浅黒い顔に寛大な笑みが浮かぶ。

「まあまあ、楽しそうだこと」

レオニーは大きくあえぎながらうなずいた。「ええ、とっても」

ポールはギリシア語で何やら吐き捨てるように言い、階段を上がっていった。

「なんですって？」とレオニーはきく。

「お教えしないほうがいいでしょう。口が汚れるようなギリシア語ですよ」

レオニーは忍び笑いをもらした。「よほど頭にきたのね、かわいそうに」

クリュートは目をきらめかせて笑った。「そのようですね。たまにはいい薬です」

約束どおりバシリウス神父を教会に訪ね、レオニーはギリシアの宗教についていろいろ学んだ。間もなく式の日取りも決まり、アルゴンの要望で、ドレスはひいお祖母《ばあ》さんのものを着ることになった。柔らかい紙に包んで大きな櫃《ひつ》にしまってあったドレスを取り出し、クリュートはそっとレオニーに見せた。アイボリーがいくらかクリームがかった色に退色しているようだが、レースは泡のようにふんわりしているし、デザインもアンティーク調で気品あふれるものだった。ポールはアルゴンの提案にびっくりし、レオニーだってドレスを新調したいはずだと言い張ったが、それを着る当の花嫁が気に入っているので話は簡単だった。

「何十年もたっているのにウエディングドレスってほとんど変わっていないのね。違いっていえば、これには今ならとても手に入らないようなフランス製のレースをふんだんに使ってあるところ。これほど繊細な手仕事は見たことがないくらい！　こんなのを着られるなんてすてきだわ。世界じゅう探したってこれ以上美しいドレスは見つからないでしょうね」

「おまえのひいお祖母さんが自分の手で縫ったものだ」アルゴンは教える。

「わたしが着たために、せっかくの縫い目がほころびてしまったらどうしましょう」レオニーは微笑して言った。「ひいお祖母さま、とてもほっそりしたウエストをしていらしたのね」

「こんなもんだった」アルゴンは誇らしげに指を広げてみせた。「ポールと同じ金髪で青い瞳のギリシア美人でな」

「じゃ、ポールはひいお祖母さま似？」

「そういうことだ」アルゴンはほほ笑んだ。

式の日の朝、レオニーは胸が押しつぶされるような気分で早く目を覚ましたが、あまりにも緊張していて、クリュートの運んでくれたコーヒーとロールパンに手をつけることさえできなかった。

クリュートはかすかに震える手で花嫁の身支度を

手伝った。レオニーは自分の目が信じられぬまま、ぼんやりと鏡を見つめた。ウエディングドレスはきれいに洗ってあって、ほとんどもとどおりの色を取り戻している。

「わたし、怖いわ」レオニーはクリュートの手をつかんでささやいた。

「しゃんとなさって」老婦人は花嫁の手をぎゅっと握り返してはげました。「まるで女神のようですよ」

レオニーはいくらか元気づけられてほほ笑み、クリュートのあとから震える脚で階段を下りていった。

アルゴンはサロンで待ちかねていた。ポールは先に教会に行ったと彼は言い、花嫁の手を取った。

「とても美しい。ポールは果報者だ」それから平たいレザー張りの箱をあけ、中からパールとダイヤモンドの三連のネックレスを取り出してほっそりした首に留めた。

「まあ、なんて美しいんでしょう!」レオニーは小さく震える手でそっと宝石に触れてみた。「こんなに高価なものを……」

「これはおまえのものだ。わたしの妻が持っていた形見で、ポールの花嫁のために大切にしまっておいた。今日、これをつけてくれるね?」

レオニーは老人の頬にキスをした。「ありがとう。本当にすてきですわ」彼女は壁に掛かっている豪華なフレンチミラーに近づいて、ほっそりした体をシルクのドレスに包み、ダイヤモンドとつややかな真珠のネックレスをきらめかせて立つ、情熱的で申し分ない顔立ちの黒髪の麗人を見守った。「まるでわたしじゃないみたい……不思議な感じだわ」

シルバーのリムジンではなく、昔ながらの馬車がこの日のために引き出された。真鍮《しんちゅう》の馬具にはリボンがはためき、馬のたてがみには白い羽根飾りが揺れていて、レオニーは胸をときめかせた。なんだか十九世紀に戻ったような気がする。

教会にはすでに人々が大勢集まっていて、香の匂《にお》いが流れ、幾重にも並んだろうそくに銀のイコンが輝いていた。

素朴な聖人たちの像が見守る中、集まった島民の間から低く唱和する声が湧《わ》き上がり、レオニーは全員が真剣に祈っていることを知って感動した。隣でベルベットの祈祷《きとう》用クッションにひざまずくモーニング姿のポールも厳かに頭を垂れている。

神父にうながされ、新郎新婦は向かい合って唇を軽く触れ合わせた。

そのあと、ベールを後ろになびかせ、花の冠を頭に飾って、レオニーは美しい聖歌とたからかに喜びを奏でるオルガンの音に送られて、夫と手を取り合い、バージンロードを戻っていった。神父がたいた香のかおりがまだ周囲に漂っていて、あたかも神の祝福が二人の上にとどまっているかのようだった。

教会を出ると、外で待ち構えていた子どもたちが花びらと米をまき、新郎をひやかす男たちの野次に女性たちが楽しげに笑いさざめいた。二人はリボンで飾り立てられた馬車に乗り込むと、人々に見送られて屋敷《ビラ》に戻った。

この結婚が形だけのものだということを、レオニーはほとんど忘れていた。厳かな昔ながらの儀式に圧倒され、すっかり興奮してしまったようだ。

ポールはため息をついて革張りのシートに寄りかかった。「やれやれ、こんなに疲れるものだとは思わなかったよ」

レオニーは上気した顔を上げてほほ笑んだ。「でも、とても美しい儀式だったわ」

「君も、とても美しかった。そのドレスにしてよかったね。まるであつらえたようにぴったりだ」

「ありがとう」いっそう頬を染めて、レオニーは笑った。

「アルゴンにもらったんだね？」えりもとのネック

レスを見やって、ポールがきいた。「君にあげるつもりだといつか言っていたから。ダイヤモンドは君によく似合う」ポールは指先で宝石に触れた。レオニーは体を震わせ、彼がすぐ近くにいるのを意識しながら目を伏せた。

ビラに着き、二人はドアの前に立って人々の祝福に手を振って応《こた》えた。祝いの言葉や男たちの陽気なジョークがわかるはずもなかったが、レオニーは横目でポールを観察し、彼が笑うときいっしょになってほほ笑んだ。

式のあとの食事はバラエティーに富んだメニューだったけれど、レオニーは一口も食べられなかった。時間がたつにつれ、緊張は和らぐどころかますます張りつめてきていた。喜びの渦の中で大きなウエディングケーキをカットし、最初のひと切れをアルゴンの口に入れると、新郎新婦は人々の笑顔と拍手にせき立てられてダンスの口火を切った。

ふんわりとなびくスカートは広いサロンをリードしてゆくポールの脚にまつわりつく。ステップを踏むレオニーは、空腹と気のたかぶりのせいで失神寸前だった。

青ざめた顔のレオニーはゴールドブラウンの瞳を大きく見開いて、もうろうとした霞《かすみ》の中に吸い込まれまいと、なんとかダンスについてゆこうと必死でたくましい肩にしがみついていた。

ほかの人たちもダンスに加わり始め、大理石のフロアーは彼らの足音を響かせてかたかたと鳴る。ポールは心配そうにパートナーを見下ろした。

「顔色がよくないね、大丈夫?」

「くらくらするの」レオニーは弱々しくほほ笑み、風に揺れるかれんな花のように小さくよろめいた。

「座ったほうがいい」ポールは椅子のある方に歩きながら言い、レオニーは倒れ込むように座ると目をつむった。部屋はどんどんスピードをあげて回転する。しっかりしなければと、もうろうとした頭で考えながら、レオニーはポールの手をしっかりとつかんだ。音楽や人声は、まるで耳に貝がらを押しつけたときに聞こえる遠い海鳴りのようだ。手足は冷たく、重い。

グラスが唇に触れ、ブランデーの香りが鼻をついた。

「さ、これを飲んで」ポールの声。

素直に唇を開き、強烈な味に顔をしかめながらも、炎のような液体が喉を通り、胸を焦がし、しだいに意識をはっきりさせてゆくのを、レオニーは感じていた。

「今日はほとんど何も召し上がっていないんです」そばでクリュートの声がする。「いまにも卒倒なさるんじゃないかと心配していたんですよ」

「ブランデーを持ってきてくれたんで助かったよ」ポールは小声で言った。「レオニーを残して取りに行くことなどできなかったからね」

「何か召し上がらないと」クリュートは気遣わしげに言った。「適当なものをみつくろってきましょう」

ポールは親指でレオニーの手の甲をそっと撫《な》でた。「おばかさん、どうして何も食べなかったの？　具合はどう？」

ゆっくりとまぶたを上げ、レオニーは自分がポールの体で人々の視線から守られ、サロンの隅に座っていることに気づいた。ポールは椅子のわきにひざまずき、じっと妻を見つめている。

レオニーはかすかな笑みを浮かべた。めまいはもう感じなかったが、まだ全身にものうい痺《しび》れが広がっている。

「じきによくなるわ」

「まだ頬に血の気がないよ。ドレスの色と変わらないくらいだ」ポールは優しく叱《しか》った。「何も食べないなんて、二度とばかなまねはしちゃいけない」

サンドイッチの皿を持って、クリュートが戻ってきた。皿を受け取ると、ポールはひと切れつまんで彼女の口もとに運んだ。

「食べられないわ」ささやくほどの声で言い、レオニーは顔をそむけた。

「食べるんだ」ポールは譲らない。

舌の先で唇を湿らせ、口に突っ込まれたパンのはしっこを仕方なしにかじったけれど、おがくずをかんでいるようでなんの味もしなかった。でもポールの強引さに負けて、レオニーはなんとかそのひと切れを食べ終えた。その効果は少しずつ表れてきて、ゆっくりと気力が回復し、空腹感すら覚えたレオニーは、二人がじっと見守る中、ついにはひと皿のサンドイッチを平らげた。

「それでいい」ポールはうなずいて立ち上がり、レオニーを助け起こすと、片方の腕で細い腰を抱くようにして二階に上がっていった。


すぐあとからついてきたクリュートが先に立って部屋に入ると、ポールは言った。「ドレスを脱いで着替えなさい。すぐ出発しよう」

レオニーは面くらった。「出発？　でも……どこへ？　もうパリに行くの？」

「そうじゃない」ポールは皮肉っぽく言った。「ハネムーンに出かけるんだ」

レオニーは真っ赤になった。「ハネムーンですって？　いったいどういうこと？」

「式のあとはハネムーンと相場が決まっている」

「でも……わたしたちの結婚は……」

「形だけ？」ポールは続ける。「もちろんわかっているさ。でも表面だけはとりつくろう必要がある、そうじゃないか？　ハネムーンを省略したらみんなどう思うかな？　すでに家は借りてあるんだ。ぼくたちは人里離れたいなか家で一週間をすごす」ブルーの瞳はレオニーの戸惑いを面白がっているようだ。

「君は気に入らないだろうが、どこか人目につかないところがいいと思ったんだ。人の目を気にして幸せな花嫁を演じる必要はなくなるからね。そこにはだれもいないし、食料はたくさんあるから、自分たちのことは自分たちでやればいい。ベッドを整えたり皿洗いをしたり、そういったことを……」

二人きりで一週間！　考えただけで体じゅうの神経がざわめいた。しかし適当な言葉は思い浮かばず、レオニーは消え入るような声でつぶやいた。「わかったわ、ポール」

「とびきりの服を着るんだ」部屋に入ろうとする彼女の背中にポールが忠告した。

尋ねるように振り向いたレオニーに、彼はにっと笑ってみせる。「階下《した》にいる連中はしきたりどおりにぼくたちを見送るつもりだ。花嫁が普段着ではみんなをがっかりさせることになる」

クリュートは衣装だんすの前でドレスの品定めをしていた。レオニーも近づいていって気落ちした気分で衣装を調べた。ハネムーン用の服を買うなど考えもしなかった。アテネにドレスを買いに行くようにとアルゴンにすすめられたとき、その必要はないとやんわり断ったのだ。今になってみると、やはり言われたとおりにしておけばよかったと悔やまれる。

結局、シフォンのローズピンクのドレスを選んだ。ぴったりしたウエストにボリュームのあるスカート、ふっくらしたそで。手持ちのなかから選ぶとなると、これ以上にふさわしい服はなかった。クリュートも同じ意見だったが、その上に、派手《はで》な花の冠で黒い髪を飾るようにと言い張った。

「必要ですよ」

「なんだか大げさだわ」レオニーはくすくす笑って文句を言った。

クリュートは楽しそうに頭を揺する。「とてもすてきですよ」

ポールはフォーマルなダークスーツに着替えてドアの外で待っていた。レオニーをゆっくりと見回してから、彼はもったいぶってうなずいた。「それでいい。合格だ！」

「まあ、それはどうも」レオニーは皮肉たっぷりに言い返した。

「ひとつだけ言わせてもらうと、その顔つきがいただけないね」ポールはからかう。「幸せな花嫁にしては反抗的な顔をしている。もっと恥ずかしそうな、うっとりした様子じゃないと」

「ついでにあなたの後ろから犬みたいに這《は》ってゆけと言うつもり？」レオニーはかっとして叫んだ。

「そこまでしろとは言わないが。ここの人たちは男女の関係についてひどく古風な考え方をしている。一家の長は男と決まっているんだ。妻一人牛耳れない男だと思われたくないからね」

「思いきりあなたをひっぱたいたらどんなにせいせいするかしら！」両手をぎゅっと握り締め、レオニーはいきまいた。

ポールは笑った。「今はやめておいたほうがいい」

二人が姿を見せたのをきっかけに、サロンに騒々しい歓声が湧き起こった。拍手に祝福、花のシャワー、女たちのため息、男たちからのウインク、やっかみ半分の野次。二人の屈強な男性に両腕を支えられたアルゴンがゆっくりと近づいてきて、目に涙をためて若い二人にキスをした。レオニーも老人の首に腕を巻きつけ、目をしばたたいてしわのある頬にキスを返す。

笑いさざめく祝い客から逃れて、新婚夫婦は表に出た。ポールは馬車に花嫁を乗せ、黒髪を飾る花の冠を取って少女たちのいる方にさっと投げた。若々しい歓声があがり、首尾よくつかんだ少女が勝ち誇って花の冠を高々とかかげると、周囲からどっと拍手が送られた。

馬車は出発し、歯切れのいい馬の速歩《トロット》とともに、間もなくパーティーのさざめきは遠のいていった。レオニーはぐったりとシートにもたれかかった。ポールは花嫁の手を取って握り締め、御者をつとめる黒髪の若者にウインクをしてみせた。レオニーはびくっとし，警戒したようにポールを見上げる。御者の前でも表面をとりつくろうつもりだろうか？

「疲れた？」とポールは優しくきいた。

「ええ」彼の足首を蹴《け》とばしてやりたいと思いながら、レオニーは冷淡に答えた。いかにも愛情に満ちた猫撫で声にはむかむかする。声とは裏腹に、ブルーの瞳には嘲笑がきらめいているのだから。

彼はてのひらにそっと唇を押し当て、レオニーは半分腹立たしさに、半分官能的なおののきに、かすかに身を震わせた。

馬車は両側を切り立った丘にはさまれた、起伏の激しい岩道に入った。首にベルをつけた山羊《やぎ》がのどかに鳴きながら岩から岩へと跳び移っている。上空では、自分の領分を侵す侵入者を威嚇するかのように一羽の鷹が旋回し、鋭い叫びをあげた。馬のひづめが岩の上で滑り、馬車はのろのろと前進してゆく。

ポールは御者に何か話しかけると、その若者は二頭の馬に声をかけて馬車を止めた。

「この先は徒歩で行くしかない」とポールは言った。「残りの荷物はアレックスが運んでくれる」馬車から降り、彼は荷物用の後部からスーツケースを二つ取り出した。

そのほかの荷物は御者が持った。パーティーの間にクリュートが荷造りをしてくれたらしいが、どんなものが入っているのか、レオニー自身にもわからなかった。ドレス類はみんな衣装だんすに掛かっていたから、クリュートはおそらくジーンズやスカートといった、カジュアルな衣類を入れてくれたのだろう。

その山小屋ふうの建物は、数百メートル下に海を望み、オリーブの防風林を背に、海風から守られた丘の窪《くぼ》みにひっそりとうずくまっていた。厚い石造りの外壁は白いしっくい塗りで、屋根は素朴な乾燥泥炭《ドライターフ》でふいてある。にわとり小屋と山羊がたくさん飼われている囲いからして、この家は農夫から借り受けたものらしい。自分たちが家畜の世話をするのだろうか？　たしかポールは、ここには自分たち以外だれもいないと言っていた。山羊の乳をしぼった経験はないし、今さらそんな仕事に悪戦苦闘するのはごめんだった。

アレックスは一階の小部屋に荷物を置くと二人に白い歯を見せて笑い、ギリシア語でお祝いを言った。ポールは重々しく礼を言い、レオニーは若者にほほ笑みかけた。

二人きりになり、静けさが訪れる。オリーブの森を吹き抜ける風の音とかすかな潮騒が聞こえるばかりだ。レオニーは不安げに、粗末な薄暗い部屋を見回した。小さい窓が二つあるきりで、急速に暮れてゆく日の光は、二人をほの暗いたそがれに包み込んだ。

「火をたかないと」ポールが言った。「早朝の気温は相当下がるから」

彼がたきつけを探す間、レオニーは一階を見て回った。簡素な安楽椅子が二脚、テーブルと椅子、食器や調理用具が詰まったキャビネット、おそろしく古いクッキングレンジ。

ポールが戻ってきて、間もなく暖炉に火が燃え始めた。最初は少し煙ったが、じきにひんやりした部屋に快いぬくもりが広がっていった。

「食糧貯蔵庫は外にある」ポールは裏手のドアを指さして教えた。

そこはかなり広い石造りの部屋になっていて、びん類や陶器のつぼ、缶詰、その他さまざまな食料品が十分用意されていた。

「今夜はコールドミートにしよう」とポールが提案する。「チーズにパン、コールドラムでいい？」

二人はテーブルにつき、食事をとった。山羊のチーズは初めてだったがなかなかおいしく、そのあとは十分温めたピタ、燻製《くんせい》の味がするコールドラムが続いた。食後のフルーツはぶどうと、ポールが前もってここに届けさせておいた輸入オレンジだった。

へこみのある古いブリキ製ポットを使って、ポールはコーヒーを沸かした。

レオニーはあくびをし、狭く暗い階段を見やった。ろうそくの光だけでは部屋全体を明るくするわけにはいかない。一階部分の広さから考えると、二階にもひと部屋しかなさそうで、レオニーは不安にかられた。

「疲れたの？」テーブルを片づける手伝いをしながらポールがきいた。「二階のベッドで休むといい。食器洗いはぼくがするから」

「わたしがするわ」しかしポールは頑固で、レオニーは言われたとおり、ろうそくを持って階段を上がった。

二階では大きなベッドがひとつ部屋を占領していて、その上にはニットのベッドカバーが掛かっていた。あたりを見回し、レオニーは胸をどきどきさせてじっと立ちつくした。

ポールはどこに寝るつもりだろう？

服を脱ぎ、寒さからというより不安に震えて、レオニーはベッドに潜り込んだ。

しばらくしてポールが階段を踏む音が聞こえた。レオニーは起き上がり、ろうそくの光に浮かび上がった大きな黒い影が近づいてくるのを見守った。

ポケットに手を入れ、ポールは部屋の向こう端からこっちを見つめた。

「どこで寝るの？」レオニーはおどおどと尋ねる。

何も言わず、ポールはベッドの上にある予備の枕に視線を向けた。

震えながら、レオニーは激しい言葉をほとばしらせた。「形だけの結婚だと言ったでしょう？　忘れて？　純粋にプラトニックなものだと？　いずれはあなたが卑劣な手段に訴えることを予測しておくべきだったわ。あなたの約束を真に受けるなんて、どこまでばかだったのかしら！」レオニーはやっとの思いで息をついだ。「いいこと、今夜のもくろみがなんであれ、忘れたほうがいいわ。二人でこのベッドを使うつもりはないんですから。早く出ていって！　ほかにだれもいないからって力ずくで目的を遂げられると思ったら大間違いよ。警告しておくけど、もしわたしに指一本でも触れたら、とことんまで抵抗するつもりよ！」

ハニーゴールドの頭をかしげ、暗がりに顔を隠して、ポールはじっと相手の非難に耳を傾けていた。

それからやおらベッドに近づくと、クールで意地悪な笑みを浮かべた。

「いったいどういうわけでぼくが約束を破ると考えたの？　そのベッドカバーと予備の枕を借りて、階下《した》の部屋で寝ようと思っていたのに」

表面上は冷静に見えても内心では憤怒に燃えていることに気づき、レオニーは後悔して口ごもった。

「ポール、ごめんなさい……」

手を伸ばして枕とベッドカバーをさっと取ったポールは、その謝罪を完全に黙殺してベッドから離れた。

胸もとが大きくあいた薄手のナイトドレスしか着ていないことを忘れ、レオニーはベッドから下りて彼を追う。「わたし、ばかだったわ。どうかしていたのよ……」そして振り向こうともしない彼のそでをつかんだ。「待って、ポール、聞いてちょうだい！」

「聞けだって？」抱えていた枕とベッドカバーを床に落とし、彼は怒りにぎらぎらと燃える目でくるっと振り返った。「この十分間、ぼくがここで何をしていた？　一方的に君の話を聞かされていたじゃないか？　これ以上我慢しろというのかい？　とんでもない。ぼくを約束を守らない卑劣漢呼ばわりしたあげく、ちょっとした誤解でも解くかのようにくどくどと謝ってぼくのあとを追う」ブルーのまなざしは薄いコットンをまとっただけのスリムな体をさっと見回した。「君の期待どおりに振る舞うべきかな。ご婦人をがっかりさせたくはないからね」

「ポール！」たくましい腕に抱き上げられたレオニーはびっくりして叫んだ。「お願い、やめて……」

険しい顔つきでベッドに戻ると、ポールは乱暴にレオニーを投げ出し、素早くろうそくを吹き消した。それからいきなり華奢《きやしや》な体の上にのしかかり、強引に唇を重ねる。

重い体の下から逃れようとして必死にもがいても、情け容赦ない力の前ではどうすることもできず、レオニーは自分自身の体が、相手から燃え移ってきた炎に点火されるのを感じた。少しの間、相手の欲望と戦うのと同じように自分の欲望とも戦ったけれど、ついには降伏のうめきとともに、しっかりと彼の首に腕をからませた。

ポールは片手で器用にナイトドレスの肩ひもを外し、唇からうなじへとキスを滑らせていった。乱暴に体を愛撫《あいぶ》しながら、熱い唇を肩のカーブから胸のふくらみに這わせてゆく。

「ポール……ダーリン……」生まれて初めて知る情熱にかすれた声が、他人の声のように聞こえた。胸は張り裂けんばかりにどきどきと打ち、息遣いは荒々しく、めくるめく歓喜は、今まで知らなかった本能的なしぐさをレオニーに教える。それ自体が生きもののように、両手は上に覆いかぶさるポールの背中を探った。

レオニーは内部にかき立てられた嵐《あらし》が彼の手で鎮められることを激しく願った。しかしポールは息を弾ませながらいきなり起き上がり、さげすむように言った。「これでわかった？」

はだけたナイトドレス、乱れた黒髪――一瞬の出来事にまだ体をわななかせて、衝撃に口もきけず、レオニーはじっと横たわっている。

「たった今、その気になれば君をぼくのものにできたし、君だってそうなることを願っていた」ポールは冷たく言い放った。「ぼくにとやかく説教したくなったら、今のことを思い出すんだね！　君のご立派な信念とやらをほんの……何分だった？　そう、五分間で打ち砕くこともできるんだ」

苦々しい怒りが、屈辱感が、みずおちのあたりをぎゅっと締めつける。自己嫌悪と憤りに身を硬くして、レオニーは何も言わずに暗闇《くらやみ》を見つめていた。

ベッドから離れ、ポールは枕とベッドカバーを拾い上げると階下に下りていった。

レオニーはうつろに目を見開き、絶望感と自分に対する腹立ちの入りまじった思いでポールを憎んだ。そして、今起こった出来事のために、今耳にした言葉のために、彼を決して許すことはできないだろうと感じていた。

4

翌朝、細い針のような光線が部屋にさし込んできてレオニーを目覚めさせた。なかなか寝つけなかったのと涙のせいで、目の縁を赤くしたまま、彼女は起きる気にもなれず、徐々に明るくなってゆく部屋の様子をぼんやりと見守っていた。

階下からかたかたとこもった音がする。ポールはもう起きたらしい。ベッドを出てガウンを羽織り、レオニーは階段を下りていった。きのうの夜気づいたことだが、バスルームはどこにもなかった。ポールの話では、オリーブ林の後ろに流れている小川を利用するしかないということだった。外で顔を洗うのはあまり気が進まないが、この際ぜいたくは言っていられない。

ブルーのシャツと古びたジーンズ姿で、ポールはすすけたレンジのそばでコーヒーが沸くのを見守っていた。彼は足音に振り返り、二人の視線は一瞬かちっと触れ合った。

「きのうのこと、悪かった」だしぬけに彼は言った。「ついかっとしてしまって──謝ってすむことじゃないが」魅力的な小麦色の顔には、はっきりと心の緊張が表れている。硬く張りつめた唇にかげった瞳──眠れなかったのは自分だけではなさそう、とレオニーは思う。

「いいのよ、気にしていないわ」もちろんそれは強がりにすぎない。あの出来事を忘れることなどできそうもなかった。でも、これから一週間、この人里離れた山小屋で二人きりで過ごすとしたら、なんらかの休戦協定を結ぶしかないだろう。対立したままでは生活自体が不可能になる。

ポールは相手の表情からすべてを読み取った。

「飲む?」と、彼はコーヒーポットを指さした。

「先に顔を洗ってくるわ」

ポールはうなずいた。「朝食は簡単なのでいい? ピタとコーヒー?」

「結構よ」レオニーは軽く応じて裏のドアから戸外に出た。太陽はまだ顔を出したばかりで、青みがかった金色の光がかすかに丘を照らしている。紫のもやが一番高い峰のいただきにかかっていた。ヒースと露に濡《ぬ》れた草のいい匂《にお》いとからみ合うように、松の木のさわやかな香りが、朝の空気を満たしている。オリーブの森を抜けて小川に出ると、レオニーは岩に膝をついてばしゃばしゃと水をはねかけ、氷のように冷たい水で顔を洗った。

十分後、黒い髪をきっちりと結い上げ、黒いシャツとジーンズにほっそりした体を包んで朝食のテーブルについた。

「ランチを持って遠出しないか?」とポールが提案する。「ここにいてもたいしてすることもないし」

「ぜひ行ってみたいわ」

食事の後片づけを済ませて部屋をきちんとしてから、太陽が海の上に昇るころ、彼らはランチを用意して小屋を出た。

ピクニックのおかげで余計なことを考えずに済むのはありがたかった。ポールは山羊《やぎ》のように身軽にすたすたと丘を登ってゆき、そんな彼についてゆくのは相当なエネルギーの要ることだった。行く手には丘の上から落下した灰色の石が散らばり、小道の両側ではタイムの若枝があたりに芳香を放っていた。見渡す限り空と海、そして古代からそのままの姿を保ち続けてきた荒々しい丘の連なりだけだった。

正午になり、二人は野生のオリーブの木陰で簡単な昼食をとった。ポールはリュックサックの中にギリシア産のワイン、レツィーナを入れてきていて、レオニーが息を弾ませ、丘の上の小川からしたたり落ちる水でしっとりと湿った緑のこけに頭を休ませている間、コルクの栓を抜いた。ワインの入ったマグを受け取り、レオニーは松やにの香りがするレツィーナにおそるおそる口をつけた。運動のあと、不思議なくらいさわやかな味がする。

ポールは平たい楕円《だえん》形のピタを差し出し、二つに割ったパンの間に山羊のミルクで作ったチーズをはさんでくれた。

「ありがとう」レオニーは他人行儀ともいえる笑みをつくってお礼を言った。

「頼むからそんなふうに見ないでくれ！」ポールは苦しげに叫んだ。「君はまるで狼を見る赤頭巾ちゃんみたいだ。きのうのことは謝っただろう？　もちろん謝って済むとは思っていないが、これ以上どうしたらいい？　このまま続けることはできない。ぼくは辛抱強いほうではないんだ。こんな冷戦状態にそれほど長く耐えられるとは思えない」

「何もなかったように振る舞えと言ったって無理よ」レオニーはかすれた声でつぶやいた。

「きのう、ぼくをそそのかしたのは君なんだ！　もしあれほど頭にこなかったら、決してああはならなかったはずだ」

確かにそのとおりだった。不愉快な邪推にかっとしなかったら、彼にしても理性を失いはしなかっただろう。レオニーはため息をついた。「わたしがばかだったわ。でも、とても神経過敏になっていたの。あの小屋はいかにも寂しいし、結婚式のあとでひどく張りつめていて……」

「今になってみればよくわかるよ」

「あんなことになって、残念だわ」

「ぼくたち二人ともどうかしていたんだ」ポールはしみじみと言った。「いずれにしてもぼくのほうがはるかに責められるべきだが」彼はちらっと横目でレオニーを見る。「君をだいぶ怖がらせてしまった？」

レオニーは表情を隠すようにまぶたを伏せた。「強烈だったわ」

ポールは笑った。「イギリス流の言い回し？」彼は形のいい手を差し出した。「仲直りだ」

レオニーは相手の手の上に自分の手を重ねた。「ええ、仲直りね」

「これでまた友だち同士、いいね？」

「わたしたち、友だちだった？」レオニーは皮肉を言う。

「ああ、レオニー」ポールは悲しげにうめいた。「少なくとも友だち同士にはなれる、そうじゃない？」

懇願するようなブルーのまなざしに、レオニーはくすっと笑った。「わたしがあなたに抵抗できないだろうと踏んでいるのね？」

ポールはチャーミングな笑顔を見せた。「それが君の考え？」

「わたしの考えを言えば、あなたはどうしようもなく甘やかされているわ。あり余るお金、常にあなたを取り巻く女性たち……」

「気に入らない？」

レオニーは赤くなった。「あなたの生活に口出しするつもりはないわ」それから、昨夜、自分がどんなふうに誘惑に負けたかを、いやな気持で思い出した。自分だってほかの女性たちと少しも変わらないのだということを、彼さえその気になれば簡単に手に入る女だということを、ポールははっきりさせたのだ。二度と再び彼との戦いに負けはしない、とレオニーはひそかに誓う。彼の前で理性を失うよりは死んだほうがましだった。

しばらくの間木陰で腹ごしらえをして、ポールは立ち上がって伸びをした。「そろそろ行こうか？

午後になると日ざしが強くなるから、もう下ったほうがいいだろう」

下りも楽ではなく、足を滑らせてポールに支えられたのも一度や二度ではなかった。彼に触れられるたびに心臓が止まるような気がして、レオニーは自分のふがいなさに腹を立てた。

二人は強い日ざしを浴びて立つ小屋に帰りついた。太陽は巨大な真鍮《しんちゅう》のコインのように空に浮かび、岩からの照り返しは目をくらませるほどに強烈だった。首すじがずきずき痛み、レオニーはほっとしてほの暗い家の中に入った。

「ギリシアにはシエスタといって、昼寝をする習慣があるんだ」ポールが言った。「二階のベッドで休んだら？」

「ええ、そうさせていただくわ」首の後ろをもみながら、レオニーはつらそうにうめいた。

「頭痛？」

「え、ええ……」うなずき、レオニーはあまりの痛さにたじろいだ。

ポールは後ろにまわってきて両手でレオニーの頭をはさんだ。一瞬体を硬くしたが、こわばった首すじの筋肉をもみほぐす手の動きに、レオニーは徐々に体の力を抜いていった。万力で締めつけられるような痛みがゆっくりと引いてゆき、深いため息が唇からもれる。「ああ、なんていい気持……」

「よかった」指の動きを止めずにポールは言ったが、その動作はもはやマッサージというより、官能的な愛撫《あいぶ》に近く、レオニーは急いで彼から離れた。

「ありがとう、だいぶよくなったわ。二階に上がって休ませていただいていい？」

ポールは階段の方に歩いていくスリムな後ろ姿をじっと見送った。レオニーは一度振り返り、ハンサムな顔にいつにない生真面目さが漂っているのに気がついた。よろい戸の閉まった部屋は暗くて多少息苦しかったけれど、太陽の照りつける戸外よりはずっとしのぎやすかった。

ベッドに横たわって目を閉じると、少ししてポールがティーカップを手に姿を現した。「これを飲んだらいくらかくつろげると思って」彼はベッドのそばにカップを置いてほほ笑んだ。

「まあ、うれしいわ、ありがとう」レオニーは心からそう言った。「ちょうど欲しかったところなの」

ポールは出てゆき、レオニーはカップを取り、かぐわしい紅茶を口の中でゆっくりと転がした。

そのあとすぐに、体を子どものように丸め、片手をほてった頬の下に当てて、レオニーは眠り込んだ。

何かが顔に触れるのを感じて、レオニーはびくっと目を開いた。ポールが笑いながらわきに立っている。

「ぐっすり眠っていたね。食事の支度ができたから、顔を洗って階下《した》に来ない？」彼は小さなテーブルの上にある湯気の立った洗面器を指さした。「お湯を使いたいだろうと思ったから、やかんで沸かしておいたんだ」

「ありがたいわ。どうもありがとう」ちらっと腕時計を見て、彼女は仰天した。「まあ、こんなに眠っていたの！」

「山歩きなんかに連れ出して悪かったね。君はくたくたに疲れ果ててしまったようだ」

ポールが行ってしまうとレオニーはベッドから下り、服を脱いで、温かいお湯の感触を楽しみながらゆっくりと顔を洗った。

下着姿で着るものを探し出したとき、物音がして振り向くと、ポールがじっとこっちを見て立っていた。レオニーが赤くなってドレスで体を隠すと、ポールは口もとにひやかすような笑みを浮かべた。

「ビキニ姿とたいして変わらないよ」

「着替えてしまうまで階下《した》に行っていてくださ

る？」

「急ぐように言いに来たんだ。すぐに食べないとせっかくの料理が台無しになるから」

「すぐに行くわ」

戻りかけて立ち止まり、ポールは肩越しに言った。

「すてきな体つきだ、レオニー」

何も言えず、彼女は頬を燃やした。ポールが消えると、レオニーはクリュートが荷物の中に入れてくれた唯一のドレスを着た。それは自分で作ったシンプルな麻のそでなしで、明るいレモンイエローは気に入っていたけれど新しいものではなかった。レオニーは今夜のために、できることならもっと印象的なドレスを着たかった、と少しばかり悲しい気分で考えた。

ポールは炭火で串焼き《ケバブ》を料理していた。サラダの上に、ローズマリーの香りづけをしたラムの串刺しが並べられる。レオニーが料理に感心すると、ポールはうれしそうに笑った。「口に合ってよかった」

いつものようにレツィーナがテーブルに出された。独特の香りにだんだん慣れてきたせいか、レオニーはこのワインが好きになっていた。三杯目を空にしたとき、ポールはボトルを持つ手を止めてためらった。「本当にもう一杯大丈夫？　口当たりはいいが、君も知っているとおりかなり強いんだ」

「もちろん大丈夫よ」レオニーは陽気にグラスを上げた。忍び寄るかすかな不安を追い払いたかったのと、自分にはワインが強すぎるかもしれないというポールの懸念に多少腹が立ったせいもある。

彼は肩をすくめ、グラスにワインを注《つ》ぐと、立ち上がってカセットプレーヤーを出した。間もなく快い音楽が流れ出し、レオニーはうっとりとため息をついた。「すてきね」

「踊ろうか」彼女を椅子から立たせながらポールは言い、華奢《きゃしゃ》な体に腕を回した。

二人は薄暗い狭い部屋の中でゆっくりとステップを踏む。キャンドルと暖炉の炎がほのかに部屋を照らし、そのぬくもりはレオニーをうとうととまどろむような気分に誘い込んでゆく。たくましい首に腕をからませ、レオニーは眠たげに広い肩に頭をもたせかけた。

「とてもいい気分」

「そう?」背中をそっとさすりながらポールは黒髪に唇をつけてささやいた。

「ダンスがじょうずなのね」

ポールはふっと笑った。「君の髪は太陽と草の匂いがする」

「うーん、すてきだわ……」胸に顔を押しつけ、薄手のシャツ越しに体温を感じながらレオニーはつぶやく。

「眠っているんじゃないだろうね?」ポールは体をかがめて耳もとでそうきいた。

「いいえ、眠ってなんかいないわ」しかしだんだんと膝から力が抜けてゆく感じだ。

ポールは笑い、立っていられなくなったレオニーを、人形かなにかのように軽々と抱き上げた。「酔ったの? だから言ったろう、あのワインは強すぎるって?」

「そうじゃないわ」強がりを言ったものの、二階に運ばれる間、家の中がぐるぐると回転していた。

「レツィーナは二杯が限度だね」二階のベッドルームで、ポールは半ば目を閉じたレオニーの顔をおかしそうに見下ろした。

「酔ってなんかいないわ」レオニーはなんとか威厳を保とうとして言った。

「そうかな?」ごく間近に、ブルーの瞳がきらめいている。

ポールはからかうように、ふっくらした唇に軽くキスをした。温かい喜びにひたされ、レオニーは目を閉じてもう一度唇が重ねられるのを待ち受けたが、彼はただ、そっとしなやかな体をベッドに横たえただけだった。

「ポール」と、彼女は誘う。「おやすみのキスをして……」

一瞬困惑したようだったが、彼はゆっくりと唇を近づけてきた。二人の唇は重なり合い、求め合い、ひとつに溶け合う。ポールはベッドの上で貪《むさぼ》るように激しいキスを、歓《よろこ》びに震えるレオニーの唇に浴びせた。

「ダーリン」首すじに熱い息を吹きかけてささやき、彼はぐったりと意のままになる体を、憑《つ》かれたように愛撫した。「ああ、ダーリン」再び唇に、それからうなじから肩へと、キスの雨を降らせた。レオニーは目をつむり、一度か二度、深く満ち足りたため息をもらした。

ポールはあえぎながら体を離し、レオニーを見下ろした。「レツィーナをあんなに飲むべきじゃなかったんだ。ぼくたちの約束を忘れたの？　ぼくだってなま身の男だ、これほど美しくて魅惑的な君に……」かすかな寝息を聞いて、ポールは突然黙る。「レオニー？」安らかな寝顔をのぞき込んであきれたようにつぶやいた。「眠ってしまったのか！　まったく、もしこんなことが続いたら頭がおかしくなってしまいそうだ……」

彼は片手でぐったりした体を支えて服を脱がせ、妻をシーツの間に寝かせた。レオニーはぐるっとうつ伏せになって枕に顔をうずめ、赤子のように無防備に、両手をふとんから出してふっくらした枕の端をつかんだ。つやつやした黒髪にそっと手を触れてから、ポールはもやもやした気分で階段を下りた。

階下の部屋に戻ると、彼は残っているレツィーナを見つめ、それから悪態をついてボトルを取り上げ、残り全部をいっきにグラスに注いでぐいと飲み干した。それから何分もしないうちに、家はひっそりと静けさに包まれた。

翌朝、レオニーは幸せに似た気分で目を覚ました。一晩じゅうぐっすり眠れたし、何ひとつ覚えていなかったけれど、楽しい夢を見ていたことだけは確かだった。

猫みたいに快く伸びをし、ふと自分が下着しか身につけていないことに気づく。

眉をひそめて起き上がり、レオニーはあたりを見回した。ドレスはきちんと椅子に掛かっているが、自分でそうした覚えはない。彼女は慎重にきのうの出来事をたどってみた。最後に覚えているのは、暗い居間でダンスをしたこと――。

あれから何があったのだろう？　レオニーはあれこれ想像してぞっとした。まさかポールは、飲みすぎた弱みにつけ込んで……？

ジーンズとシャツを着て居間に下りると、ポールはニットのベッドカバーにくるまって、ハニーゴールドの髪をちょっとだけのぞかせ、暖炉のそばで眠っていた。レオニーはコーヒーポットとタオルを持って小川にゆき、透きとおった水をぱしゃぱしゃいわせて顔を洗ってから急いで家に戻ると、コーヒーを沸かし、その間にパンを切った。きのう、昼寝をしていたときにポールがにわとりにえさをやり、たまごを集めてきていたので、朝食用にいくつかゆでておこう、とレオニーは思う。小さな斑点《はんてん》のあるたまごが黄色いエッグカップに納まったところはいかにも愛らしかった。コーヒーが沸き、テーブルの用意ができると、レオニーはポールを起こしに行った。

声をかけても起きないのでかがみ込むと、ポールはいきなり彼女を抱きすくめた。

「ポールったら！　放して」

自分の弱さを叱《しか》りながら、レオニーはキスをねだるポールに抵抗できなかった。優しく、友だちのようなキスはいい感じだったけれど、その温かい親しさの裏に潜むほのめかしが気になった。きのうの夜、あれから何が起こったのだろう？　何かがあったことは確かだった。さもなければ、これほど自然にキスできるはずはない。

ポールを押しやり、ちょっとした戯れに乱れた髪を撫《な》でつけながら、レオニーはたしなめるように言った。「朝食の支度ができてるわ。顔を洗っていらっしゃい」

ポールは明るく笑った。「仰せのとおりに。もうちょっと待って、すぐに洗ってくるから」

レオニーがテーブルについて熱いコーヒーを飲んでいると、着替えを済ませ、冷たい流れで洗ったせいで頰をほてらせたポールが戻ってきた。彼は通りすがりに黒髪のてっぺんにキスをした。

「おはよう、ダーリン」

「そんな呼び方はやめて！」レオニーはぴしゃりと言った。

ポールは皮肉っぽく眉を上げ、横目づかいでちらっとレオニーを見下ろした。「失礼、君が文句をつけるとは思わなかったんでね」

「心にもない愛情をほのめかす呼びかけは嫌い」

「心にもないって、どうしてわかる？」

「きくまでもないでしょう？」

「ああ、世間の評判か！　君は記憶力がいいんだね。決して忘れようとしない」チャーミングな口もとに笑みが躍る。「特別な場合は除いて」

レオニーは頰が熱くなるのを感じ、自信なげにきいた。「きのうの夜、何かあったの？」

ブルーの瞳は楽しげにきらめいた。「覚えていないかい？」

「覚えていたらきかないわ」

「というよりむしろ、覚えていたくないいんじゃないかな？」

「なぜわたしが忘れたがっていると思うの？」レオニーは戸惑った。

「さあね」ポールは肩をすくめ、テーブルにつくと器用な一撃でゆでたまごの殻を割った。けさの彼は妙に浮き浮きしている。きのう何があったのか、なんとしても知る必要があった。

「ダンスをしたのは覚えているわ」

「そのあとはもっと楽しかった。覚えていないとは残念だね！」

「ポール、もう一度きくわ、いったい何があったの？」

彼はコーヒーを飲んで満足げにため息をついた。

「うーん、おいしい。君はコーヒーをいれるのがうまいんだね。ラッキーだったな、ぼくはコーヒー党だから……」

「ポール！」それ以上じらされるのに耐えられなくなって、レオニーは不機嫌にさえぎった。

「どうかした？」彼はとぼけて顔を上げる。

「きのうのこと、話して」

「君は魅惑的だった」

深く息を吸い、コーヒーポットのハンドルをぎゅっと握り締めたレオニーを、ポールは心配そうに見守った。

「まさか、それを投げつける気じゃないだろうね？」

「もしはっきり言わないなら、ええ、そうするかもしれなくてよ！」

「すべてを知りたい？」ポールは疑わしげなそぶりをした。「何もかも？」

「ええ、何もかもすべてを！」

「ぼくたちはダンスをして……」

「それは覚えているわ。その先を知りたいのよ」

「レツィーナのことで注意したのは覚えているね？でも君はひどく頑固だった。上品な表現で言えば、君はほんの少しふらついていた」

レオニーはいやな顔をしてうなずいた。「それはわかっていたわ」

「そして急に立っていられなくなってくずおれた君を、ぼくは二階のベッドに運んでいったんだ。いつもの君よりずっと愛情にあふれていたよ」彼はひやかし半分にほほ笑んだ。「君にとってはレツィーナが媚薬《びやく》になるってこと、覚えておかなくちゃ」

「それで、弱みにつけこんで……」レオニーは彼をにらみつけた。

「いや、君がぼくを引き止めたんだ」

レオニーは真っ赤になって唇をかんだ。「それで?」

「それで、キスをしたり……いろいろとね」

「その、いろいろってところが知りたいのよ」

「そうだろうね」ポールは笑う。「なんて顔をしているんだ! いや、レオニー、ぼくたちは本当の夫婦にはならなかった。もちろん、すてきな誘惑にその気にはなったが……」

レオニーはほっとする半面、自尊心を傷つけられたという、かすかな不満を抱いた。それならなぜ彼は誘惑を拒んだのだ? きっとそんな気になれなかったのだろう。もちろん、それでよかったのだけれど……。

レオニーは目を上げてコーヒーを飲んでいるポールを見た。「ごめんなさい。ご迷惑をおかけして。自分のしていることがわからないほど酔ってしまったらしいわ」

「迷惑なんてことはなかった」ポールは気さくにうけあった。

「そう言ってくださると助かるわ」

「君はとても眠そうだったし、打ち解けてくれて、すてきだったよ。本当のことを言うと、もし君が五分とたたないうちに眠り込んでしまわなかったら、ぼくは一晩じゅう君のそばにいてキス以上のことをしていただろうね」

「まあ、わたし、眠ってしまったの？」

「あっという間にね」彼は優しくひやかした。「白状すると、ぼくは頭がおかしくなるところだった。小猫みたいに従順に抱かれる君から、忍び足で遠ざかるしかなかったんだ」

レオニーは性急な動作でコーヒーカップを押しやった。「ポール、このまま続けるなんて不可能よ。ここに来たことからして間違っていたんだわ。こんなに人里離れた山奥でなく、パリに行っていたら……」

「もう遅すぎるよ」

「予定を変えたってことにして、パリ行きの便に乗りましょうよ」

「だめだ」とポールは頭を振った。「そんなふうに突然ここから帰ったら、周囲からとやかく言われるだろう。予定どおり一週間ここにいないと」

「わたしにはできないわ！」レオニーはほとんど泣き叫ぶように言った。

「レツィーナさえ飲まなければいいんだ」

怒りに駆られてレオニーは立ち上がる。「あなたって……あ、あなたには我慢できないわ！」

「我慢するしかない」

レオニーはやみくもに部屋から飛び出し、ポールは体をのけぞらせて大声で笑った。

5

オリーブの木立の間をゆっくり歩きながら、レオニーは微風にさわさわと揺れる木の葉を見上げた。不服そうな山羊《やぎ》の鳴き声が聞こえる。乳が張っているのだろうか？

ポールが小屋の入口から声をかけ、仕方なくレオニーは家の方に戻っていった。

「山羊の乳しぼりを手伝ってくれないか？」いかにも当然のことを頼むように、彼は気軽に言った。

「なんですって？」

「乳が張って気が立っているようだ。二人でしぼれば半分の時間で片づくから」

「乳しぼりなんて、今まで一度も……」

「それじゃ、この機会にやってみたら？」

「無理よ！」

「簡単さ。ぼくが教えてあげる」

簡単どころではなかった。慣れない手つきに山羊たちもいらだつ。それでもレオニーはじきにこつがわかってきた。

「女性と同じで、山羊にはだれが主人かがわかるんだ」ポールはからかった。

「だれが経験豊かな扱い方をするかがわかるだけでしょう？」

彼はにやっと笑った。「辛辣《しんらつ》だね」

しぼったミルクは、家の裏手の食糧貯蔵庫に運んだ。日の当たらないその貯蔵庫は半地下になっていて、夜の低温が長時間保たれるため、ひやっと涼しかった。

「この家の住人が、日中、ミルクとたまごを取りに来るんだ。彼はチーズを作っていてね、週に一度船で本土に渡って、商売をする」ポールは説明した。

「ここの人たちはとても簡素な暮らしをしているのね」

「満ち足りた暮らしでもあるんだ。自分たちの土地があるし、衣食は十分だし、道具を買うためのお金もかせげる。それ以上何が必要だろう？」

「快適で便利な生活、かしら？」

「テレビや車、洗濯機といったような？　こういうものはみな、退屈でさえない都会生活を少しでもましにするために考案されたぜいたく品だ。ここでは毎日の生活環境がはるかに創造的だから、そんなものは必要ない。都会は人間を脆弱《ぜいじゃく》にする。いなかの生活は厳しいが、人間もそれなりに鍛えられるんだ」

「でも、あなたは都会での暮らしを選んだのでしょう？」

「ぼくはどちらかというと雑種タイプだと思うね。こういうところで暮らすこともできる、本当だ。しかし残念ながら、文明社会相手に仕事をしているのでね」

「文明社会はかわいい女の子が見つかる場所でもある、そうでしょう？」レオニーはちくっといやみを言った。

「それもある」ポールはあっさりと認めた。

今日もまた、二人はランチを持って山歩きに出かけた。

「今回はあまり遠くまで歩くのはよそう。でも、君になるべくコーモス島を見せたいんだ。これからは君にとっても故郷になるわけだから」

丘をぐるっと回っている緩やかな坂道を歩いてゆくと、短い木の枝を手にして山羊の群れを追っている少年と行き合った。二人に笑顔を見せた少年に、ポールは早口のギリシア語で話しかけた。少年はレオニーの方を向いて恭しく何か言い、ポールが通訳をした。「この子はペトロスという名で、山羊のミルクを飲みたいかどうかきいている。頼むから飲みたいと言ってくれないか。断るとこの子は傷つくだろう」

レオニーは少年にほほ笑みかけた。「ありがとう、いただくわ」

少年は粗織りのシャツの中から、いかにも大切そうに椀《わん》を取り出すと山羊の乳をしぼり、ぴょこんと頭を下げて差し出した。

レオニーは厳かに椀を受け取って唇に持ってゆくとゆっくりと飲み干し、もう一度ギリシア語でお礼を言った。少年の顔はぱっと輝く。

ふと思いついて、レオニーが道ばたに生えているローズマリーの小枝を折ってペトロスに手渡すと、彼は目を丸くして受け取り、それからにっと笑ってその小枝をシャツに挿した。

彼らはにこやかにさよならを言い交わして別れた。

「気のきいた贈り物だったね」ポールは真面目な顔つきで言った。「ローズマリーの小枝か。あの少年は君に会ったことを決して忘れないだろう」

レオニーは面映ゆかった。「あの子の心を傷つけないで、何かお礼がしたかったの」

「この上ないプレゼントだったと思うよ。ペトロスはとても喜んでいた」

振り返ると、ペトロスは小高い丘の上に立って彼らを見送っていた。少年の目には、二人は恋人同士と映っただろう。レオニーが小さく手を振ると、少年もすぐさま振り返した。

再び歩き始めながらポールがきいた。「ところで、山羊のミルクはどうだった?」

「ひどい味!」レオニーは顔をしかめ、ポールは大笑いした。

「だとしたら、君の演技力はたいしたもんだ。いかにもおいしそうに飲んでいたからね」

「だって、あの子の感情を害したくなかったんですもの」

「それはそうだね。君には感謝しているよ」

三十分ほど歩くと月桂樹の森があって、二人はその木陰でお昼を食べることにした。

「コールドラムには飽きた？」

「おなかがすいていればなんでもおいしいわ」

食後、二人は木陰に寝そべって、そよ風に揺れる月桂樹の枝を見上げた。木の葉を通してしたたる太陽のしずくが地面に光と影の模様を描き、ポールの顔をまだらな仮面《マスク》に変える。

「午後はのんびりとこうしていてもいいんだ。それとも家に帰りたい？」

「ここにいるほうが気持がいいわ」

ポールは頭の下で腕を組み、脚を伸ばした。「ぼくもだ」

レオニーはここ何日間かの出来事を思い出していた。そういえば、きのうの夜、彼女のほうから彼を引き止めたとポールは言っていた。実際、彼にそう思わせるような何をしたのだろう？　彼を誘惑している自分をあれこれ想像して、レオニーは落ち着きなく体を動かした。眠ってしまったのは運がよかった！　彼女はちょっと体を起こしてポールを見つめた。小麦色の顔に金色のまつげを落としてぐっすりと眠っている。いつもは皮肉な笑いをたたえている口もとが穏やかにくつろぎ、尊大で自信たっぷりなブルーの瞳はまぶたの下に隠され、信じられないほど傷つきやすく、優しい顔つきをしている。胸の奥深くを貫いた鋭い痛みが体じゅうに広がってゆき、レオニーは心の中で叫んだ。

いけない！　また恋に落ちるなんて！　二度と、あの苦しみに自分をさらすことはできない。

それでも、ゴールドブラウンの瞳は否応なしに彼の横顔に惹《ひ》きつけられていった。口もとと目尻のかすかな笑いじわ、きっぱりした顎とまっすぐな鼻、頬にかかるまつげ、形のいい頬骨、上唇の上に生えた金色のひげ。そしてその唇が、とりわけレオニーを魅了した。

ポールは目を開き、ブルーのまなざしでじっと相手の表情を探った。心の中を読み取られるのを恐れて、レオニーは慌てて目を伏せた。

「眠りなさい、レオニー」長い沈黙のあと、ポールは静かにつぶやいた。

横たわり、レオニーは体を震わせながら乱れた思いを鎮めようとする。しかし意外にも、レオニーは間もなく夢の世界に引き込まれていった。すべての夢はポールの夢だった。内気さやプライドから解放されて彼への深い思いをさらけ出し……幸せな夢から覚めると、ポールが片腕をレオニーのウエストに投げ出して、すぐ後ろで眠っていた。

レオニーが起き上がるとポールも目を覚まし、あくびをしながら眠そうに言った。「もうこんな時間か……帰って山羊の乳をしぼらないと」

「また？」レオニーは驚いたように叫んだ。

ポールは笑った。「朝と夕方の二回しぼるんだ。知らなかった？」

「だんだんとパリのホテルが魅力的に思えてきたわ」レオニーは冗談半分に言い返した。

「ここでの暮らしを楽しんでいると思ったのに」ポールは不服そうだ。

「楽しんでいるわ。ただちょっとからかっただけ」

「危険なゲームだ」軽い調子で言ったが、彼の言葉には隠された真実があった。

涼しさの増した夕暮れの丘を、二人はゆっくりと歩いて小屋に戻った。ポールは島に伝わる伝説——森の神サチュロスと、ニンフたち、恋多き神々の物語を話して聞かせた。

「ギリシアの空気に何か特別なものがあるのね、きっと」

「レツィーナのような？」ポールはにやっと笑った。

「もうそのことは忘れて！」レオニーは赤くなって抗議した。

「あれほど楽しいことはそう簡単に忘れられないね」罪のないひやかしではあったが、そこに響く今までにない親密さに、レオニーは不安を覚えた。

二人はいっしょに山羊の乳をしぼった。留守中にこの家の主が来たらしく、一日分のミルクとたまごを残して、あとはすべて消えていた。

「よかった。じきにミルクのおふろに入ることになるんじゃないかと心配していたのよ」

「それも悪くないね」ポールはスリムな体のラインに視線を滑らした。「君の肌はまだこんがり小麦色とは言えないようだ」

「だいぶ焼けたと思ったけれど」レオニーは言い、美しいゴールドブラウンに日焼けした肩や腕を見下ろした。

「ビキニを持ってくればよかったのに」とポール。

「もちろん、ヌードでもかまわないが」

「ペトロスをびっくりさせたくないわ」

「彼のことなど気にすることはない」

「食事の支度をするわ」ブルーの視線に胸をどきどきさせ、レオニーは急いでその場から離れた。

食後のコーヒーを飲みながら、ポールはトランプをしようと言い出した。「暇つぶしになるし、レツィーナを飲まないですむだろう？」

二人は子どもっぽい陽気さでトランプに興じ、ゲームを面白くするためにお金を賭《か》けた。勝負の流れとともにテーブルの上を小銭が行ったり来たりする。しかしついにはポールが勝って、すべてを相手から巻き上げた。

「キスを賭ける？」

「いいえ、やめておくわ。文なしですもの、もうゲームはおしまい」

「すぐそうなんだから！」ポールはぶつぶつ文句をつけた。

「お皿を洗うわ」テーブルから立ってレオニーは言った。

「手伝うよ」

食器を片づけたあと、まだベッドに入る気分にはなれなかった。月桂樹の木陰で昼寝をしたせいで目はさえていたけれど、ポールと二人きりでいるのも不安だった。

「外を散歩しようか？」

レオニーは警戒してポールを見つめた。

「おとなしくすると約束するよ」

「わたし、何も言っていないわ」

「それじゃ、おとなしくするなってこと？」

「あなたと話していると、頭がおかしくなりそう」

レオニーは彼をにらんだ。

「お互いさまさ」ポールはくすっと笑う。「君には聖人君子の頭をおかしくするほどの魅力があるからね」

レオニーはさっさとドアの方に歩き出した。二人は外に立ち、しばらくの間空を見上げていた。月の光が荒涼とした丘の輪郭を美しく照らし出し、オリーブの葉が銀色に輝いている。その風景には時の流れを超越した壮大さがあって、荒々しい山頂を視線でなぞりながら、レオニーは大自然の一部に溶け込んでゆくような感動を覚えた。

日が落ちた今、空気はひんやりと快い。海からの突風が月桂樹とオリーブの枝を躍らせ、すっくと立った一本の糸杉を、ほとんど真っ二つに折れるくらいにたわませた。その炎の形をした木の幹は、黒々とした姿を空に浮き立たせて、しなやかに再び頭をもたげた。

二人は無言のうちにオリーブの森に向かって歩い

ていった。腕を撫《な》で、髪を乱してゆく風の感触を楽しんでいたレオニーはふいに石につまずき、不器用に転んだ。

ポールはすぐにひざまずいて助け起こした。「けがをした？」

「くるぶしが」レオニーは痛みにあえいだ。

ポールは足に触ってみる。「どうやらくじいたらしい。かわいそうに」それからややためらい、優しくきいた。「抱いてみてもいいかな？　もしひどく痛んだらそう言って」彼はそっと抱き上げた。「どう、大丈夫？」

「ええ」痛みを必死でこらえながら、レオニーは弱々しくつぶやいた。

家に戻り、ポールは小川からくんできた冷水でくるぶしを冷やし、包帯を巻いてくれた。それからぴりっと強いブランデーをレオニーに飲ませると、彼女を二階のベッドに抱いていった。

「君をこうしてベッドに運ぶの、何度目かな」ベッドの上にレオニーを横たえながらポールは言った。

「ごめんなさい」

「謝ることはないさ、役得だと思っているから。服を脱がせてあげよう」

「自分でできるわ。手はなんともないんですもの」

「きのうだってそうしたんだ」

「お願い」レオニーは真っ赤になった。「一人にして……」

「君の勝ちだね」ポールは皮肉っぽい表情で見下ろした。

「勝ちって？」いぶかしげにレオニーはきく。

「ここを出発しなければならないだろうから。足をくじいたとなれば、当然ここに残るわけにはいかない」

そのことは頭に浮かばなかったけれど、そう言われて初めて、自分が本当はここに残りたいのだといいうことにレオニーは気づいた。「でも、歩けないのにどうやって帰れて？」

「簡単さ。近所の人からろばを借りよう」

「近所の人って？」

「ペトロスの家族が丘を二つ越えた、ほんの四、五キロのところに住んでいるんだ」

「徒歩で行くには相当遠いわ！」

「夜中、一人でも怖くないね？　ぼくはすぐに出掛けて朝までには戻るから」

「こんな時間に山歩きは無理よ！」

「昼間歩くよりは楽だろう。ずっと涼しいからね」

「でも……」

ポールは優しく言った。「心配しないで。この島には君を怖がらせるような人間は一人もいない。保証するよ」

ポールは出てゆき、レオニーはキャンドルの光の中に取り残された。苦い涙がこみあげてきてあたりを霞《かす》ませる。二人きりの日々は終わったのだ。あす、この小さな家を出発するだろう。そう考えると悲しかった。期待と不安を抱えたここでの日々は、とても幸せだったのに。無器用に服を脱いでベッドに入り、レオニーは長いこと眠れぬまま、オリーブの森から聞こえる、哀愁を帯びたふくろうの鳴き声に耳を傾けていた。

明け方、コーヒーとピタを運んできたくれたポールに起こされた。「ろばを二頭借りてきた。出発する前にくるぶしをしっかり固定させよう。そのほうが楽だろうから」

ポールは荷造りを済ませ、二人はそれから三十分後に山小屋をあとにする。

山を下りたところでシルバーのリムジンが彼らを迎えに来ていた。びっくりして夫を見やるレオニーに、ポールは説明した。

「ペトロスがこのことをアルゴンに知らせに行くと

言ってきかなかったんだ。だから、おそらく彼が車をよこすだろうと思っていた」

車で屋敷《ビラ》に帰り、レオニーはクリュートに手伝ってもらってすぐにベッドに落ち着いた。

アルゴンはかんかんだった。「おまえがついていながらけがをさせるとは！　こうなったのはみんなおまえの不注意のせいだ！」

「月の光の中を散歩しているときに彼女が石につまずくなんて、だれにも予想できなかったことです」

ポールは真面目な顔つきで言った。

「月の光だって？　おまえたちはそこで何をしていたんだ、その、月の光の中で？」

「やすむ前に散歩をしていたんです」ポールはつっけんどんに答えた。

アルゴンは舌を鳴らす。「散歩などする代わりにレオニーをベッドに連れてゆけばこんなことにはならなかったろう！　おまえを見損なっておった。女性一人を守れないとは！」

「いいかげんにしてください！」ポールは腹を立てて言い返した。「最初に考えたように、彼女をパリに連れてゆくべきでした。今度は間違いなくそうするつもりです」

「パリに？」アルゴンは不服そうにつぶやいた。

「そう、ハネムーンの町として世界的に有名なパリです」ポールは皮肉っぽい笑みを浮かべた。

「気に入らん」

「あなたに来てくれとは言っていない」

アルゴンはむっとしたように悪態をつき、それ以上の口論をあきらめた。

翌日、クリュートが荷造りをしている間、アルゴンは何かを探り出そうとしてレオニーに優しく話しかけたが、なんの手掛かりも得られなかった。

レオニーには、夫に対する感情や、小屋での二人の日々について話すつもりはなく、アルゴンは満足な答えを聞き出せないままだった。それ以上ポールと話してみてもらちがあかず、アルゴンはすべての希望を二人の未来にたくした。

その翌日、彼らはパリに出発した。くるぶしの痛みに熟睡できなかったせいで、レオニーはいくらか疲れを感じていた。のろのろと過ぎてゆく時間の流れの中で、彼女には自分とポールとの関係についてじっくり考える暇があった。すでに、ポールに恋している事実は否定できなかった。少女時代のまたいとこへのあこがれから、彼に夢中になる下地はできていたのだ。魅惑的でロマンチックなイメージは、無意識のうちに少女の胸の奥深くまで染み込んでいた。現実の彼に会って愛するようになるのも不思議ではなかったし、そういった恋の領域は、彼女自身の意思でどうこうできる部分でもなかった。ポールのこれまでの経歴から考えると、目の前に現れるどんな美人にも言い寄っただろう。そして自分がポールに気に入られたこと、それは確かな事実だった。自分を求める彼の情熱は見せかけではない。たとえそうであっても、自分は彼の人生を通過してゆく眩惑《げんわく》された女性たちの一人にすぎないのだ。順番を待つ長い行列に加わることだけは、なんとしても避けたかった。

この感情をポールに知られてはならない。そうでなくても、彼に肉体的に惹かれているという弱みをさらけ出してしまったのだ。

しかしそれ以上ではないと、彼に思い込ませておこう。性的に惹かれたといえば彼の虚栄心をくすぐることになるだろう。でも、愛していることを悟られるよりましではないか？　今まで数えきれないほどの女性たちが、そういった意味で彼のとりこになったに違いない。そしてポール自身、単純明快な関係を好んでいるようだ。深い感情は人の心を傷つきやすくするものだ。それともポールの場合、恋をするにはあまりにも自足し、あまりにも自己愛が強いのだろうか？　理由はともあれ、心から彼を愛してしまったことを決して知られてはならない。もし知られたら、さげすみか哀れみ、またはその両方を受けることになるだろう。そんな状況にはとても耐えられそうもなかった。

パリのフラットは、感じのいい、住宅専用地域のビルの中にあった。取り澄ました感じはあったがエレガントな内装で、広いベッドルームが三部屋、客間が二つ、最新設備の整ったキッチンとバスルームがあった。

「好きな部屋を選んで」ポールが言った。

「あなたの部屋は？」

「どれでも」

「今まではどの部屋を使っていたの？」

レオニーはポールの指さしたドアの隣の部屋をのぞいてみた。広々としていて日当たりもよく、感じのいい部屋だ。

「ここにするわ」

ポールはスーツケースを部屋に運び、食事の前に休むようにと勧めた。

「お食事はここでするの？」

「電話で注文して運んでもらおう。何がいい？　中華かインド料理、それともギリシア料理？」

「中華にしましょうか」

「そうしよう」とポールはうなずいた。「しばらく眠りなさい。顔色が悪いよ、君にとってこの旅行は相当こたえたに違いない」

すべてを彼に任せ、夕食前に起こされるまで、レオニーは何時間か熟睡した。顔を洗って服を着替えると、タイミングよくドアのベルが鳴り、料理店のボーイがアルミの皿の載ったワゴンを押して部屋に入ってきた。ポールは支払いを済ませ、料理をテーブルに移すと、空のワゴンを押して帰るボーイをドアまで見送った。

「うーん……スイートコーンとチキンのスープね」

レオニーはアルミの皿をのぞき込んだ。「車海老の甘酢いため、牛肉と春雨……なんておいしそうなんでしょう！」

「ぼくが注文した料理を気に入ってくれるといいんだが。君の好きなものがわからなかったから、少し多すぎたかもしれないがいろいろ頼んでみたんだ」

「山羊のチーズとピタから気分を変えて？」

「山羊のチーズとピタも、ぼくは好きだな」

ポールの真面目な答えに、レオニーは笑った。

「実はわたしもそうなの。いえ、正確に言うと好きになりつつある、というべきかしら？　あなたって、おなかがすいているとほとんど選り好みしないでなんでも食べるのね」

「女性だってそうじゃない？」

レオニーははっと青ざめた。

「一般論を言ったまでだ」ポールは相手の反応に驚いてつけ加える。「君に当てこすりを言ったわけじゃなく、ただ、ちょっとした冗談のつもりで……」

「ええ、わかっているわ」レオニーは気分を害して言った。「それでも真実には変わりない、そうでしょう？　暗闇《くらやみ》ではどんな猫も灰色に見える、ともいうわ」

「そんないやみは君らしくない」

「驚いた？　あなたと過ごした何日かの間に、わたしもだいぶおとなになったようね」

「そんな言い方はやめるんだ！　君の若さに皮肉っぽさは似合わない。ものごとを素直に見ない冷笑主義は、あらゆる美しさを覆いつくす灰色の霧のようなものなんだ」ブルーの瞳に怒りを燃やし、ポールは厳しく言った。「若い頃厭世《えんせい》主義にあこがれる連中がいるが、彼らこそ哀れむべき存在だと思うね。人生への愛を見失っている気の毒な連中なのだから」

「もちろん、そのことについてはあなたのほうがよくご存じね」レオニーは静かに言った。

ポールは口もとを引き締める。「食べようか？料理が冷めてしまう」

レオニーはせっかくの雰囲気をこわしてしまった軽率さを後悔した。いつもこうなのだ。心が触れ合ったと思うと、どちらか一方が不用意に口にした一言で、すべては水の泡。二人の関係はガラスのように砕けやすく、ふとしたきっかけで大きな亀裂が入るのだった。

6

次の日の朝、レオニーは妙な違和感に目覚め、あいまいな気分のまま横たわっていた。窓の外を走る車の音――そういえばここしばらく、都会の騒音とは無縁の生活だった。コーモスの静けさを乱すものといえば、ゆったりと打ち寄せる波の音と、かもめの鋭い鳴き声くらいのものだった。パリの町はしかし、イギリスよりはるかに騒々しい。みだりにクラクションを鳴らすことは法で規制されているロンドンと違って、パリの町では絶え間ないクラクションやブレーキのきしみが早朝の空気を震わせていた。

ベッドから下りて窓辺に近づき、淡い黄色のカーテンをあけると、まぶしい朝の光がなだれ込んできた。明るさに目を慣らし、レオニーは十九世紀の優美な建物が並ぶ通りを感心して見下ろした。

そのあとガウンを羽織り、キッチンに紅茶をいれに行った。あらゆる設備が組み込まれたぴかぴかのキッチン。こんなところで料理できたらさぞかし快適だろう。お湯が沸くまでの間、レオニーは食器戸棚の扉をあけ、朝食に必要なものを点検した。

紅茶を持ってゆくと、ポールはくしゃくしゃのシーツの間で眠っていた。

カップを置いて声をかける。彼はもぞもぞと体を動かし、眠そうなまぶたを上げてほほ笑んだ。「お茶をいれてくれたの？　ありがとう。ずいぶん早起きだね。眠れなかった？」

「とてもよく眠れたわ。朝食には何を召し上がる？」

「それほどおなかがすいていないから、フルーツか何かでいい。今すぐ起きるよ」

「必要なものは自分で探せるわ、ごゆっくり」

オートミールを用意してキッチンのテーブルについたとき玄関に足音がした。出てゆくと、ダークスーツ姿の見知らぬ男性が立っていた。いかにも都会的な黒髪のその男は、まるで自分の家にいるみたいにくつろいでいて、レオニーを見て面白がっているふうだ。

「おはよう！　なるほど、ポールは帰っていたのか」

いったい彼は何者だろう？　どうやってこのフラットに入ってきたのだろう？

クールなグレイの視線がレオニーの上をさまよう。

「いつもながら、ポールの好みには感心させられる」

レオニーは赤くなった。ポールのガールフレンドと勘違いされたらしい。

「ポールはどこ？　まだベッドの中じゃないだろうね？」

「まだやすんでいますけれど、お客さまだと伝えてきますわ。どちらさまでしょう？」

「ぼくが行こう」その男はポールの部屋に向かった。なんとなくいらだたしい気分で、レオニーはキッチンに戻って朝食を済ませた。流しで食器を洗っているとさっきの客が姿を見せ、申し訳なさそうに謝った。

「ポールから聞きました。ぼくはひどい思い違いをしていたようです。申し訳ありません、ミセス・カプレル。早合点したことを許していただけますか？」

「謝ることなどありませんわ」レオニーはふきんを取りながら冷淡に言った。

「ぼくの態度、ひどくなれなれしかったでしょう？おわびのしるしに手伝わせてください」彼は近づいてきてレオニーの手からふきんを取り、にっこりとほほ笑んだ。「ぼくが突然現れたんでびっくりしたでしょう？　ポールが留守の間、ぼくがフラットの鍵《かぎ》を持っているんです。ポールの会社のロンドン支社を任されていて、フランスに用ができるとここに泊まってホテル代を浮かすんです」

「そうですの」レオニーは相変わらずよそよそしく答えた。

グレイのまなざしはじっとレオニーに注がれる。

「ところで、ぼくはジェイク・テニソン。ポールとは十年来のつきあいで、仕事上のパートナーでもあるし、古い友だちでもあるんです」

「そうらしいですわね」

ジェイクは眉をひそめた。「何か余計なことを言ってしまいましたか？」

レオニーは思わず笑った。「何も秘密はもらさなかったわ」

「ポールは友だちだから、彼のためにつまらない悶《もん》着《ちゃく》を起こしたくないんです」

「ご心配なく、なんの悶着も起きませんから」

「それをきいて安心しました。ポールは運がいい男だ」

さっとキッチンのドアがあき、ポールが入ってきた。慌てて服を着たといった様子をしている。ブルーの瞳は二人を見比べ、ジェイクの手にあるふきんと赤くなった妻の表情を見てとった。

「お互いに自己紹介は済ませたようだね」

ジェイクはうなずいた。「ポール、君にはいつも幸運の女神がついているらしい。すばらしい女性を射止めたものだ」

ポールはそれには答えず、ただうなずいただけだった。「居間で仕事の話をしよう。レオニーにはすることがたくさんありそうだから」彼は冷たい目つきで妻を見やった。「着替えも含めて」

レオニーはガウンのえりもとをかき合わせたが、そのしぐさはかえって肩や首すじをあらわにし、下に着ている短いナイティーをのぞかせる結果になった。

「レオニー……」ジェイクはそっとつぶやいた。「エキゾチックな響きがあって、とてもすてきな名だ。いかにもあなたらしい」レオニーからポールに視線を移すとき、グレイの瞳に抜け目ないきらめきが走った。

ポールは不機嫌な顔つきでドアに向かい、ジェイクもそのあとに続いた。閉まったドアの向こうからジェイクの声が聞こえてくる。

「そうか、ついにわなにかかったね、ポール」

なんと答えたかはわからないが、ポールの声にはとげとげしい響きが感じられた。この結婚を悔やんでいるのだろうか？　レオニーは不幸な気分で考えた。わなにかかったと、ひそかに恨みを抱いているのだろうか？

部屋に戻り、服を着てお化粧をしてから、レオニーはまだ腫《は》れている足を引きずってキッチンにコーヒーを飲みにいった。ゆっくり考えたかったのだ。

ポールといっしょにパリには来たけれど、本当の夫婦でもないのになぜ同じ家に住む必要があるだろう？　ロンドンに帰れば仕事が待っているのだ。結婚したことは手紙で会社に知らせてあった。ボスからは〝幸せを祈る〟という文面の返事が届いたが、もし仕事に戻りたかったらいつでも受け入れるとつけ加えてあった。中断していた自分のキャリアを取り戻していけないい理由はない。

しばらくして、ポールがキッチンに入ってきた。彼一人なのを見て、レオニーはいぶかしげに尋ねる。

「ジェイクは？」

「初対面なのにもうファーストネームで呼ぶほど親しくなったの？」ポールは非難がましく言った。

「ミスター・テニソンと呼んだほうがよくって？」

レオニーは無頓着《むとんちゃく》を装った。

「ジェイクにはあまり近づかないほうがいい」ポールは陰気に言った。「彼は女性に手が早いし、君は彼から見れば格好の獲物だ」

「指図されるつもりはないわ」レオニーはきっぱりと反論した。「今ここで、いくつかの点をはっきりさせましょう。わたしたちが取り引きをしたときの条件に、わたしの交友関係に口出ししていいという項目は入っていないわ。法律上の夫婦ではあるけれどそれだけのことですもの。わたしはこれからも自由に好きなことをするつもりよ」

「本当に？」

「ええ」レオニーは反抗的に顎を上げた。「わたし個人に関して、あなたにはなんの権利もないのよ、ポール、何ひとつ」

「アルゴンのために体面を取り繕ってほしいと頼む権利も？」ポールは痛いところを突いてきた。

レオニーは表情を曇らせてためらった。

「もし君がジェイクといっしょにいるところを見られたら、ぼくたちの関係を疑わせるような噂《うわさ》が広まるのにどれほどかかると思っているんだ？　そうでなくともこの結婚にはうさんくさいところがあると思われているだろう。みんな、その推測が正しいかどうか鵜《う》の目鷹《たか》の目で監視するに違いない。妙な噂が立ったらアルゴンはひどく悲しむだろう」

「でもアルゴンだって、わたしたちの結婚が便宜上のものだということは十分知っているわ」

「それはそうだ。しかしたとえそうであっても、みんなの前ではちゃんとした夫婦として振る舞ってほしいと願っているはずだ。ほかの男といっしょに人前に出てほしくないし、幸せな新妻らしからぬ行動は控えてもらいたい」

「わたしを幽閉するつもり？」

「いや、そうじゃないが、君はぼくの妻なんだ」ポールは彼女に背を向け、両手をポケットに突っ込んでいらだたしげに肩を丸めた。「我々が好むと好まざるとにかかわらず」吐き捨てるように彼は言った。

レオニーは鋭い痛みに貫かれる。夫の敵意を意識する一方で幸せな新妻を装うのはどんなにつらいことだろう。

「それで、わたしにどうしろというの？」

「パリに戻ったからには、ここでの友人に君を引き合わせないわけにはいかない。何回かに分けてディナーパーティーを開くことになるだろうね」ポールはくるっと振り返って妻を見つめた。「新しいドレスを注文しないと。君はそのままでも美しいが、ぼくの妻として特別にドレスアップしなくちゃいけない。テレーズのところに連れてゆこう」

「テレーズ？」

「いい人だ」ポールはふいに表情を和ませる。「デザイナーとしては一流だし、きっと君にふさわしいドレスを作ってくれる」

午後、二人は車でテレーズのサロンに向かった。人通りの多い通りに面した店に近づいてゆくと、《テレーズ》と金文字があるガラス扉が音もなくすっと開き、彼らは白いカーペットを踏んでラウンジに入っていった。そこには上品な椅子がいくつか散らばっていて、受付には黒いドレスをすっきりと着こなしたモデルふうの美人が座っていた。彼女は真っ赤な唇に笑みをたたえて二人を迎えた。

「ムッシュー・ポール」受付嬢は立ち上がって舌足らずな発音で言った。「マダムがお待ちかねです。どうぞ中へ」

ポールはレオニーの肘を支え、〝取締役〟と書かれた目立たないドアの方に近づくと、ノックをしてから中に入った。

「ポール、モン・シェル、よくいらしてくださったわね！」雑然とした大きなデスクから白髪の小柄な婦人が立ち上がり、低いしわがれ声であいさつをした。彼女は足早に部屋を横切り、背伸びをしてポールの頬にキスをした。「ずいぶん日焼けなさったこと。コーモスはいかがでした？　いいご身分でうらやましいわ、パリでは毎日が戦争ですもの」そう言いながらレオニーに視線を向け、率直な好奇心でまじまじと見つめた。大きい情熱的な唇、ナイフのように鋭い鼻、しわを刻んだくすんだ肌。しかし黒い瞳には生き生きした輝きがあって、そのほかのすべての印象を補っていた。

「そう……この方が奥さまね」彼女は満足げにつぶやき、両手を差し出した。「お会いできて光栄ですわ」

レオニーはあいさつを返しながら、年配の婦人が着ている、シンプルでありながら完璧《かんぺき》なカットのドレスに感心した。

「マダム、妻のために新しいドレスのデザインを頼みたいと思って」とポールが用件を告げた。「特別あつらえのオリジナルで」

やせた、鳥の足みたいな指先でレオニーの顎を支え、テレーズはさまざまな角度から顔のつくりを観察した。

「理想的な骨格だわ！ ポール、いいアイデアが浮かびそうよ。この瞳、肌……もちろんギリシアの方ね。つやつやした髪、すばらしいわ」テレーズはうなずき、レオニーにほほ笑みかけた。「それじゃ、まずサイズを測らせていただこうかしら。何点かスケッチしておきますから、その中から気に入ったものを選んでもらって、仮縫いをして……時間がかかるけれど、よろしい？」テレーズは黒い瞳をきらめかした。

「待つだけの価値はある、そうじゃありませんか、マダム？」ポールが口をはさんだ。

「そう言ってくださるとうれしいわ。近ごろの若い方はせっかちで。何もかもインスタントですもの――コーヒーも食事も、ドレスさえも。でも何であれ最高のものを手に入れるには待つことも必要、そうじゃなくって？」

テレーズがベルを押すと、間もなく愛想のいい、小太りの若い女性が姿を見せた。

「マダム・カプレルのサイズをお測りして、アリエット」

若い女性は頭を下げ、にっこりとレオニーに笑いかけた。「こちらへどうぞ、マダム」

鏡に囲まれた別室には厚いじゅうたんが敷きつめられ、控えめな照明とかすかに漂う香りがロマンチックな雰囲気をかもし出していた。

その女性が慎重に寸法を測ってノートに書き込んでいる間、レオニーは辛抱強く立っていた。

「どんな服が必要か、ご主人にうかがいましたわ」

オフィスに戻ると、テレーズは上機嫌に言った。

「さて、お茶でもいかが？」

「せっかくだが、マダム、まだ用事が残っているのでまたの機会に」ポールは丁寧に断った。

フラットに帰るとドアマットの上に手紙が置いてあり、ポールはそれを拾い上げて無表情に目を走らせた。レオニーは落ち着きなく、これからどうしたらいいのか指示されるのを待っている。パリには友だちもいなければ仕事もない。レオニーは自分が根なし草になったような気分で不安だった。未来は目の前に、まるで目覚めるのを忘れてしまった夢みたいに、空《むな》しくぼんやりと続いていた。

ポールは目を上げる。「招待状だ」

「ジェイクから？」レオニーはとっさに頭に浮かんだ名前を口にした。

「いや、昔からの友人の、ディアーヌ・アービンからだ」ポールはいやな顔をして答えた。

昔からのガールフレンド？　彼の表情からは何ひとつ読み取ることはできない。

「なんの招待状なの？」

「ディナーパーティー」彼はそっけない。

「いつ？」

「今夜だ」

レオニーは突然のことにびっくりして言った。

「でも、着るものがないわ！」

「そんなことはどうにでもなるさ」ポールはいとも簡単に答えた。「今すぐ、シンプルな黒のドレスを買いに行けばいい」

こんなに性急に彼の友人に引き合わされるのはどうにも気がすすまない。「断れないの？　せめてマダム・テレーズのドレスができ上がるまで待てない？」

ポールは無感情に妻を見つめた。「ディアーヌはぼくの親しい友人を三組招いているから、君をみんなに紹介するいいチャンスなんだ。ジェイクに会った以上、ほかの連中から逃げることは不可能だしね。

あすになったらパリじゅうにぼくたちのことが知れ渡って、電話のベルがひっきりなしに鳴るだろう。いやでも今夜みんなに会ったほうがいい」

「わかったわ」レオニーはため息をつき、ちらっと夫を見上げた。「ディアーヌって方、結婚しているの？」

「うん、ご主人は銀行家でとてもいい人だ」

「アービンというと、イギリス人ね？」

「そう、ジョージはイギリス人だ。奥さんのほうはフランス人だが。彼はイギリスの銀行のフランス支店を任されている。彼はスイス生まれでよくジュネーブに行くけれど、ディアーヌはパリから離れたがらないんだ。夫はイギリスのいなかを好み、妻は都会じゃなきゃ生きられない。そんなわけでジョージにはいなかに住むチャンスがないんだ」

「お気の毒ね」

「君ならジョージに同情すると思っていたよ」ポールはいくらか皮肉っぽく言った。


二人は高級ブティックに出かけてドレスを一着買った。ポールの審美眼は確かで、彼の選んだ都会的ですっきりしたデザインは申し分なくレオニーに似合った。


その夜、身支度を終えた妻の姿を、ポールはまじまじと見つめた。「とてもいい。でも何か足りないな……」彼は平たい宝石箱を持ってきて留め金をぱちんとあけ、中からダイヤモンドとエメラルドのネックレスを取り出した。

「まあポール！　そんなことしてくださらなくても、アルゴンにいただいたネックレスがあるわ」

「君にこれをつけてほしいんだ」無造作に言い、彼は後ろにまわってきて妻の首もとにネックレスを掛けた。冷たい指をうなじに感じて、レオニーの神経は張りつめる。

「ありがとう、すてきだわ」ひやっと肌に触れる宝石に指を当て、つぶやいた。

ポールは肩をすくめた。「ぼくの妻らしく装ってほしいんだ」

「ええ、そうね」レオニーは消え入るような声で言った。二人の結婚が名ばかりのものだと疑われないための、偽装用ネックレスというわけだ。

八時を少しまわったころ、ナポレオン一世時代の美しい屋敷に到着した。

ポールが真鍮《しんちゅう》のノッカーをたたくとすぐにドアがあき、エレガントなドレスに身を包んだ背の高い女性が二人を迎えた。

「ポール、モン・シェル！　ようこそ！　わたしたちに内緒で遠いギリシアの島で結婚するなんて、ひどい方ね！」愛想のいい声とは裏腹に、それとなくレオニーを観察するブルーの瞳には笑いがなかった。

二十代後半といったところだろうか。ディアーヌのブロンドはいかにもカジュアルな感じで肩に掛かり、肌はつややかに輝き、体つきは太りすぎとはいえないまでもかなり豊満で、ターコイズブルーのドレスは、そんな彼女のスタイルを多少スリムに見せるようにカットされていた。

ポールがレオニーを紹介するとディアーヌは手を差し伸べ、二人はにこやかに握手を交わした。しかしそのほほ笑みは完全に社交的なもので、かえって敵意を強調するのに役立っただけだった。

「ポールにまたいとこがいるなんて意外だったわ」

「レオニーはイギリス育ちなんだ」

ポールの言葉に、ディアーヌは悲しげな笑みをつくった。「まあ、そうなの。あそこには何人か友だちがいるけれど、わたしはどうも好きになれないわ。寒くて陰気で」彼女はブルーの瞳を細くした。「もしかしたらわたしの友人をご存じかもしれないわね？　イギリスで爵位をお持ちの……」

「マダム・アービン、わたくし、そういった上流社会の方たちとはおつきあいがありませんでしたの」

レオニーは冷たくさえぎった。もちろんそれは事実ではない。寄宿学校では上流階級の子女と机を並べていたのだから。でも彼女たちの中で、卒業後も仲良しでいたいようなタイプは一人もいなかった。

ディアーヌは勝ち誇ったように目をきらめかせた。

「まあ、こんなことをお尋ねして、気を悪くなさらないでね。わたしは当然……」彼女は肩をすくめ、言葉を濁した。「カプレル家の方なら……」

ポールは眉をひそめ、話題を変えた。「ぼくたちが一番乗りというわけじゃないんだろう、ディアーヌ？」

「ええ、みなさんお待ちかねよ。ポール・カプレルをついに射止めた女性がどんな方かと、それはもう大変。どうぞこちらへ」

玄関ホールに入ってゆくと、黒い服にレースのエプロンをかけたメイドが現れ、その日の午後ポールにプレゼントされた毛皮のストールを受け取った。

レオニーにはおかまいなしに、ディアーヌは我がもの顔でポールの腕にからみつき、何やらひそひそ話しながら先に歩いていった。長く伸ばした赤い爪《つめ》がダークスーツのそでに食い込み、ルビーのようにつややかな唇が彼の耳もとで開くのを、レオニーは目の端にとらえた。

過去のある時期にディアーヌとポールの間に親密な関係があったか、またはディアーヌがまだポールに興味を持っているか、いずれにしても彼女の目つきには必要以上のなれなれしさがあった。

客間は天井が高く広々としていて、ナポレオン一世時代の建物にふさわしく、帝政時代にはやったインテリアで飾られていた。淡いミントグリーンの絹張りのソファは、精密なエジプトふう模様が彫られた脚に支えられている。壁にはさほど有名でない画家の大きな油絵が二枚と、エジプトの神々の顔が四隅を飾る金縁の大鏡が掛かっていた。洗練された優美さと原始的エネルギーさえ感じられる華麗さの取り合わせは、その部屋にはっとするような斬新《ざんしん》さを添えていた。

一見、室内には大勢の客がいるように感じられたが、実際に紹介されてみると、全部で七人だった。

「主人のジョージ。ねえ、あなた、起きていて?」ディアーヌは甘ったるい声で紹介したが、ブルーの瞳は相変わらずよそよそしかった。彼女は小さく笑って説明する。「かわいそうなジョージ。仕事があんまり退屈で、家にたどり着くころには半分眠っているくらい!」

がっしりしたタイプで、すでに髪が薄くなりかけているジョージ・アービンは、妻の言葉に困惑するでもなく立ち上がり、優しい笑みをたたえて手を差し出した。「お会いできて光栄です、ミセス・カプレル」

どこかで笑い声がし、ディアーヌはさっと室内を見渡した。

「あの若いカップルはエミリーとクラウス・シュナイダー」

クラウス・シュナイダーは二十五歳くらいで金髪の、とても背の高いやせた青年で、表情ひとつ変えずにレオニーの手にキスをした。小柄で茶色い髪をカールさせたエミリーは明るく気さくなタイプで、さっき笑い声をあげたのはこの女性だった。

「クラウスは銀行関係のお仕事」ディアーヌは言った。「エミリーは……そういえばエミリー、あなたは一日何をしているのかしら?　運針のおけいこ?」

エミリーはぱっと赤くなり、何も答えなかった。クラウスは相変わらず無表情ではあったけれど、グレイの瞳によぎったものをレオニーは見逃さなかった。妻に対する当てこすりに気づかぬわけはなく、ほとんど顔には出さなかったが、クラウスがひそかにディアーヌを恨んだことは確かだった。

「ドリスとカール・ニーマン。シカゴからいらしてるの」紹介されるのを待って椅子から立ち上がっている夫婦の方に近づき、ディアーヌはかすかなさげすみを響かせて言った。

念入りに髪を結い上げたドリスは小鳥のように華奢《きやしや》で、ぴったりしたグリーンのドレスはほっそりした体の線をますます強調していた。きらめく瞳には温かみがあり、握手にも心がこもっていて、レオニーはすぐにこの女性に好感を抱いた。カール・ニーマンのほうは肩幅が広く、いわゆる鍛え上げた体つきの中年男性で、握手をしながら親しみをこめてほほ笑んだ。

「なるほど、ついにポールを射止めた女性はあなたですか！　ポールの女性を見る目は間違いないですな！」

「あまり余計なことは言わないでほしいね」ポールは冗談半分に口をはさんだ。「ぼくたちはまだ新婚ほやほやで、レオニーはまだこれからたっぷりぼくの過去について学ばなきゃならないんだから」

カールはレオニーの顔を見つめた。「心配する必要はなさそうだ、ポール。君の奥さんはしっかりした方とお見うけした。どんなことが耳に入ろうが冷静に対処できる方だ」

「恐れいります」レオニーは微笑して言った。

ディアーヌは三番目のカップルを身振りで示した。「ジャンクロードとアンナ、ご兄妹《きようだい》なの」

黒い髪と黒い瞳、やせ型の生き生きした若者はにっこりと笑い、日焼けした肌に真っ白い歯を輝かせた。「ポールが結婚したと聞いてから、ぼくたちみんなあなたに会うのをとても楽しみにしていたんです。あんまり急な話で、最初はだれも信じなかったんですが、こうしてお目にかかればなるほどと納得しましたよ」

レオニーは笑った。「どうも、とても光栄ですわ」

ジャンクロードの妹はやはり黒髪の女性だったが、兄と性格は似ていないようだった。握手をしながら恥ずかしそうにほほ笑んだだけで、何も言わず、どうやら初対面で打ち解けるタイプではなさそうだった。心を開くまで用心深く待つほうなのだろう。

「食事の前に飲みものはいかがですかな？」ジョージ・アービンはテーブルに並んだボトルやデカンタをさし示して勧めた。「何にします、マダム・カプレル？ シェリーでも？」

レオニーはグラスを受け取る。「どうぞレオニーとおっしゃって……みなさんも……」そう言いながらほかの客の方に振り返った。

「チャーミングな名前ですね」とジャンクロード。「ありがとう」

ドアがあき、メイドが来客を告げた。「ムッシュー・テニソンがお見えです」

表情をこわばらせて、ポールはさっとドアの方に向きなおった。彼は非難をこめてディアーヌを見やり、彼女のほうも無邪気さを装ったブルーの瞳で一瞬その視線を受け止めた。

「ジェイク、ダーリン！」ディアーヌはにこやかに進み出て、遅れてきた客にキスをする。

ジェイクは寛大な笑みを浮かべてホステスを見下ろした。「招待状をありがとう」それから顔を上げ、ディアーヌの肩越しにポールを見つめた。「ぼくが来たんで驚いたようだね」

ポールはうなずいた。「午後にはロンドンに出発したとばかり思っていたからね――ぼくが指示したとおりに」その言い方にははっきりした威嚇があった。

「ディアーヌがぜひとも来るようにと言い張ったので、断りきれなかった」

二人の男は、はた目にもわかるほど敵意をあらわにして立っていた。ほかの客たちはいくらか当惑ぎみに成りゆきを見守っている。

「ご親切なことだ」ポールはディアーヌに視線を移し、皮肉をこめて言った。

ジェイクの腕を取り、ディアーヌはレオニーの方に彼を引っ張っていった。「だって、レオニーと面識があるのはあなた一人しかいないんですもの、そうでしょ、ジェイク？」そしてだれに言うともなくこう続けた。「ご存じ？　ジェイクったら、レオニーをポールのガールフレンドの一人と間違えたんですって。ポールのフラットで部屋着姿の美人に会って、だれもが飛びつく結論に彼も飛びついたってわけ」ディアーヌの笑顔はポールに向けられる。「ジェイクはレオニーに一目惚《ひとめぼ》れして、ポールから彼女を横取りする算段までしたのに、かわいそうに、実はすでにポールの奥さまだったのよ！」

頬を燃やし、やみくもにドアの方を向いたレオニーは、そのはずみでポールの肩にぶつかった。彼はしっかりと妻の肩を抱き、怒りを抑えつけた声で冷ややかに言った。「だれにでも間違いはあるさ、ディアーヌ。特に許し難いのもあるが」

ジョージ・アービンが立ち上がり、いかにもイギリス人らしい冷静さで提案した。「そろそろ食事にしよう」彼は妻の腕を取って食堂に向かい、ほかの客たちもそのあとに続く。ポールとレオニー、そしてジェイクが客間に取り残された。

「そう、今回、ディアーヌはちょっとやりすぎたようだ」ジェイクは肩をすくめた。「ぼくはここから消えるべきだろうね、ポール？」

「ディアーヌにつまらんおしゃべりはすべきじゃなかった。妻がどんなに恥ずかしい思いをするか、君は考えなかったのか？」

「悪かった、レオニー」ジェイクは真剣な表情で謝った。「君を傷つける気はなかったんだが」

「どんなつもりだったんだ？　ディアーヌにしゃべったことはパリじゅうに広がることくらい、君にもわかっていたはずだ」

「君の態度たるやひどいものだった」ジェイクは弁明する。「まるでセールスマンを追っ払うようにぼくを締め出したじゃないか？　ついかっとして……」

ジョージが客間の入口に現れ、三人を交互に見つめた。「みんなが待っているよ」

ジェイクは険しい目つきで肩をすくめた。「悪いが、ジョージ、ぼくはここで失敬する。みんなに失礼をわびておいてくれないか」

「いや、帰ってはいけない」ジョージは断固たる調子で言った。「妻が君を招待したんだ。そんなふうに中途で帰られては妙なことになる」

ポールは目を細くしてジョージを見やった。

ジョージはその視線をもの静かに受け止めた。

「ポール、このままでも十分ゴシップのネタになるが、もしジェイクが帰ってしまえば十倍も事態を悪くするだけだ。ひとまず個人的感情は抜きにして、ジェイクと折り合いをつけてくれないか？　奥さんのためにもそのほうがいい」

ポールは唇を引き締めた。「わかった、君の言うとおりだ。ぼくも冷静さを欠いていたよ」それからジェイクに向かって言った。「けさの態度については謝ろう」

「いいんだ」ジェイクも軽い調子で応じる。「ティーカップの中の嵐《あらし》みたいなもんさ」彼はちらっとジョージに視線を投げかけた。「言わせてもらえば、君の奥さんにあおり立てられた嵐だ、ジョージ。女ってものはときとして悪魔にもなれるものだ」

ジョージは何も答えずに食堂の方に歩き始め、二人の男性も従った。

料理も給仕も文句のつけようがないほどすばらしかった。椅子の背に寄りかかって、レオニーは白いダマスク織りのテーブルクロス越しに、ジャンクロードと冗談を言い合うディアーヌを見つめた。美しい肌はキャンドルの光を受けて透き通るようになまめかしく、彼女が笑うたびに、ドレスの胸もとからバストの曲線がせり上がった。銀の食器やクリスタルグラスのまばゆいきらめき、使用人たちの物音ひとつ立てない動き、部屋の隅の白い棚の上に置かれた、唐三彩の馬の置き物、グリーンのベルベット製カーテン——この部屋には、今まで見たこともない控えめな美しさがあった。

しかし、すべての美の裏に、この家のホステスから放射される冷たさが潜んでいるかのようでもある。すべてがそれ自身のためではなく、ディアーヌの美しさを引き立たせるために選ばれた感じで、その全体的な効果は、見る人にホステスの冷たい自己愛を気づかせることになった。自己中心的な人は近くに来る人々を凍りつかせる。ディアーヌはレオニーに正にそうした影響を及ぼした。それはただ、ディアーヌがレオニーに対して悪意を抱いているというだけのことではない。彼女の冷たさは、その限りない自意識に、ほほ笑みながらつややかな髪を波打たすしぐさの中に、赤い唇からこぼれるとげを含んだ言葉にあった。

エミリーはレオニーの向かい側に座っていて、食事中ひっきりなしに話しかけてきた。二人はすぐに好意を抱き合い、しばらくしてテーブルを離れたあと、自分もディアーヌの攻撃の的になったことがあるとエミリーは打ち明けた。

「ディアーヌは独身男性が結婚するのをとてもいやがって、その相手の女性たちを毛嫌いするの。いつだって男たちにちやほやされていたいのよ。彼女が結婚したてのころは何ダースもの取り巻きがいたけれど、一人、また一人と消えていって、彼女、近ごろあせってきたみたい」とエミリーはいたずらっぽく目をきらめかせた。「時はわたしたちの味方、わかるでしょ?」

ディアーヌの嫉妬《しっと》の対象はポールばかりではないらしい。レオニーのほっとした表情を見て、エミリーはくすくす笑って耳打ちした。「ディアーヌったら、ポールは絶対に結婚しないと思い込んでいたのよ。それであなたと結婚したというニュースを聞いて、おかんむりだったわ。気をつけて。彼女、ひと癖もふた癖もあるんだから」

「どうしてみんな何も言わずに我慢しているの?」

「さあ」エミリーは肩をすくめた。「とにかく美人だしお金持でしょう? それに、男性から見れば楽しい相手なんだと思うわ」

レオニーは考え込んだようにポールを見やった。ディアーヌは彼の腕に手を掛け、気前よく笑いかけている。ポールの顔からはさっきまでの不機嫌な表情は消え、じゃれついてくる小猫を相手にするような寛大な笑みが浮かんでいた。

エミリーもレオニーの視線を追い、ため息をついた。「あの人は危険よ。しっかりと防御体制をかためるべきね」

「しょっちゅう会うこともないでしょうけれど」レオニーはそうつぶやきながら、ひそかにロンドンでの日々を懐かしんでいた。以前のような規則正しい生活に戻って、冷たい悪意を隠した不可解な社交界とやらを忘れることができたら、どんなに心安らぐことだろう。

もしこれがポールの住む世界であるなら、仲間入りしたくはなかった。それよりはむしろコーモスに戻って、アルゴンと数カ月過ごすほうがよっぽど楽しいに違いない。アルゴンはきっと寂しがっているだろう。自分が島に帰ったらアルゴンは喜んでくれるという確信がレオニーにはあった。病気の老人のそばに行くと言えば、ポールだって文句は言えないはずだし、だれも不思議とは思わないだろう。ディアーヌはピアノを弾き、みんなは椅子に座って神妙な顔で聴いていた。決してへたではなかったが、美しい家と同じようにその音楽には魂がなく、人々の心をうるおしはしなかった。ディアーヌは、自分の姿以外は何ひとつ映さない、ぴかぴかの鏡のようだった。

十一時にパーティーは終わった。車の方に歩いてゆくとき、エミリーがそっと近づいてきて小声で言った。「あした、うちで食事をなさらない？　ポールとあなただけで。人前でお誘いできなかったのよ。そんなことしたらディアーヌまで招《よ》ばなければならなくなるでしょ？」

「ありがとう」レオニーはほほ笑んだ。「喜んで伺うわ」

ポールが車のドアをあけていると、ドリス・ニーマンが急ぎ足で近づいてきて似たような招待をささやき、内気そうにつけ加えた。「あなたとポールのお二人だけ……それとも、それでは退屈なさるかしら？」

「とんでもない、楽しみに伺いますわ」

「よかった」ドリスはほっとしたように顔をほころばせた。「あす、お電話するわね。よろしかったら買いものに行きませんこと？　カールにいつも叱《しか》られるんですけれど、わたくし、パリのお店には目がないんですの」

車の中で、ポールは静かに口を開いた。「ディアーヌのすっぱ抜きだが、君に気の毒なことをした」

「あの方、あまり好きになれそうもないわ」彼女を気に入ったふりをしてもなんの役にも立たないと思い決め、レオニーは正直にそう言った。「気に障ったらごめんなさい……」

「いや、よくわかるよ。でもジョージは大切な友だちだし、ディアーヌにしてもしょっちゅうあんなふうではないんだ。いずれにしても、たまに食事をする以外はそう会うこともないだろう。でもほかのみんなとは気が合ったようだね？」

「ええ、特にエミリーと。彼女、あすの夕食に招んでくださったの。断らなかったけれど、よかったかしら？」

「もちろんだ。君がエミリーと友だちになってくれてうれしいよ。とてもいい人だ」ポールはわずかにためらってから続けた。「君はもうぼくの世界に足を踏み入れたんだ。ぼくの妻としてみんなの仲間入りしてくれるね？」

「ええ。でもディアーヌの態度を我慢するつもりはないわ」

「まったく同感だ。しかしディアーヌはああいう人なのだし、これから変わるとも思えないから、我々が目をつぶるしかないだろうね」

レオニーは考え込んだように黙っていた。

しばらくの沈黙のあと、ポールは続けた。「ジェイクにしてもそうだ。彼は避けたほうがいい。ディアーヌの男性版てところかな」

「彼はいい人よ。わたしは好きだわ」

「そうらしいね」

「ポール、わたし、考えていたんだけれど……アルゴンの容態を考えると、わたしたちのうちどちらかが彼のそばにいるべきではない？　しばらくの間、わたしがコーモスに行ってもいいわ。アルゴンが病気なんですもの、わたしがコーモスに行ってもだれも不思議には思わないでしょう？」

「いや、君はぼくといっしょにパリにいるんだ」

「でもアルゴンは……」

「アルゴンは君とぼくがいっしょにいることを願っている。彼は君が子どもを産むのを楽しみにしているんだ」

胸に激しい痛みを覚え、レオニーは両のこぶしをぎゅっと握り締めて唇をかんだ。

それからは二人とも無言のうちにフラットに戻り、ポールが車を駐車場に入れている間、レオニーは先に部屋に上がってシャワーを浴びた。ナイトドレスを着てキッチンに入ると、ポールがホールを横切り、かちっとドアを閉める音がした。シャワーの音がそれに続く。レオニーはミルクを入れたチョコレートをかき回し、バスルームのドアをたたいた。

「ホットチョコレートを作ったわ」

ポールは濡《ぬ》れた体に短いタオル地のローブをまとって、髪をふきふき姿を現した。

「キッチンに置いてあってよ」自分の部屋に向かって歩き始めながらレオニーは言った。

そこに立ったまま、彼はドアを閉める妻をじっと見送った。


レオニーはベッドわきのテーブルにカップを置き、ガウンをベッドの上に落としてカバーを引き下ろした。ベッドに入ろうとする直前ドアがあいて、びくっとして振り返ると、ポールがそこに立ち、こっちを見つめていた。

彼の手がスイッチに伸びて明かりが消える。暗闇《くらやみ》の中で凍りついたレオニーは一瞬のうちに力強い腕に抱きすくめられていた。

顔を左右に振ってもがいても、ポールの唇は乱れて落ちかかる髪を押しのけて確実に相手の唇を探し当てた。

熱い侵略に抗議して、レオニーは息を弾ませてささやく。「やめて、ポール……」

何も言わず、彼は妻をベッドに押し倒し、全身の重みでのしかかってきた。レオニーの頭は怒りと恐怖に混乱していた。ポールを愛している。でもこんなふうに奪われたくはなかった。無言の侵略ではなく、彼の愛が欲しい！　しかしこのキスには優しさはなく、相手の屈服を強要する無慈悲な決意があるだけだった。

ポールはわずかに体を起こし、青白い月の光がレオニーの顔に落ちた。

彼はゆっくりと、あらわな肩、胸、腰を愛撫《あいぶ》し、レオニーは震えた。「やめて、ポール。わたしを一人にして。こんなことしてほしくない……」

「君はぼくの妻なんだ」

「形だけの妻だわ。約束したでしょう？　約束は守るべきよ」

「できない！」ポールは荒々しく言った。「今夜、ぼくにはわかったんだ。君をぼくのものにするまで、決して心の安らぎは得られないと。ジェイクはぼくたちの関係を疑っている――彼はさっきちらっとそんなことをほのめかしたんだ」

「どうして彼に……」

「ジェイクほどの経験がある男なら、処女かそうでないかくらい一目で察しをつけるさ」ポールは乾いた笑い声をあげる。「君は初々しい人妻というより、まだ男を知らないつぼみに見えるんだ。ジェイクのような男にとって、君は抵抗できないほど魅惑的な存在だ」

「わたしが彼の言いなりになると思うの？」

「いや、そうじゃないが」ポールは言った。「ジェイクが君を追い回すのを黙って見ているわけにはいかない――とにかく、こうするしかないんだ」その声は、彼自身、気のすすまない義務を果たそうとしているかのように陰気に響き、たとえようのない悲しみがレオニーの胸を引き裂いた。押しのけようにも広い肩はあまりにもがっしりしていて、レオニーは再びベッドに押しつぶされ、唇をふさがれ、間もなく彼以外のすべては念頭から消え去った。

抵抗をやめた体は、まるで待ちわびていたかのように、たちまち甘美な官能の渦に巻き込まれていった。

ポールの愛撫にすすり泣きながら、めらめらと燃え上がる炎に身を焦がし、レオニーはいとおしげに張りつめた筋肉に手を滑らせた。

深い体の奥底で歓喜がはじけ、全身に広がってゆく。熱い唇が首すじを伝い、じらすようにバストに下りていった。「ダーリン、君を傷つけないようにするよ」

その声はほとんどレオニーの耳には届かなかった。強烈なあこがれと鋭い歓《よろこ》びの霧を通して、彼の名を呼び続けるあえぎに似た声が、遠くからの波の音のように、繰り返し耳にこだまするばかりだった。

7

まぶたの上で光が躍っている。レオニーはしぶしぶ目をあけ、太陽のさし込む窓側で動く人影に気づいた。

今までの人生で最も深い、最も甘美な眠りにまだうっとりとしたまま、彼女はぼんやりと夫を見つめ、それからよみがえってきた夜の記憶に頬を染め、身を縮めた。

すでにダークスーツに装いを正したポールがドアの方に歩きながら声をかけた。「朝食を運んできたんだ。紅茶とトーストでよかった？　十時半に人と会う約束があるので出かけるが、一時には帰れるからどこかにお昼を食べに行こう」

「家で何か作りましょうか？」

「いや、どこか外で食べたいんだ」ポールはにべもなくそう言うと部屋から出ていった。

横になったまま、レオニーは彼の足音と、ドアが閉まる音に耳を傾けていた。きのうのことは夢だったのかもしれない。けさの二人は、日増しに耐え難くなる偽りの結婚に縛られた、単なる共同生活者同士に戻っていた。

レオニーはうめき声をあげて目を閉じる。彼の愛《あい》撫《ぶ》を受け入れるほど、しかも進んで愛の行為に応じるほど、自分のプライドは安っぽいものだったのか？　レオニーは自己嫌悪に胸が悪かった。

起き上がって紅茶に手を伸ばしたそのとき、枕《まくら》の上にきらっと光る金色の糸が落ちているのに気がついた。短いポールの金髪――きのうの夜の出来事が思い出され、熱い波が体をひたした。間近に寄り添う体、首すじに炎の焼き印を押す唇、自らをあげ渡すすすり泣きの声。

トーストと紅茶を喉に流し込むと、レオニーはベッドから滑り下りた。鏡には、太陽を受けて白く輝く若い体が映っている。かすかに残った愛のマークに気づいて、レオニーは慌てて鏡に背を向け、服に手を伸ばした。

シャワーを浴び、服を着て部屋を出ると、ラジオのポップミュージックをがんがん鳴らして掃除機をかけている女性が振り返ってにっこり笑いかけた。

「ボンジュール、マダム。初めまして、わたし、マダム・ドゥラージュと申します」

「おはよう」レオニーは自信なさそうに言った。このフラットを掃除しに来てくれる人らしい。きのうは来なかったが、おそらくポールにそう言われたからだろう。

電話が鳴って受話器を取ると、ドリス・ニーマンの親しげな声が響いた。

「午前中、買いものに行きません？」

「ぜひごいっしょしたいわ」話し相手が欲しかったところなので、レオニーは喜んで応じた。きのうのことを考えないですむとしたら、どんな気晴らしでも大歓迎だった。

万一彼が先に帰った場合を考えてメモを残し、下におりると、ちょうどドリスの車がビルの前に止まった。

「何か特に買いたいものでもおありなの？」走り出した車の中でレオニーはきいた。

「買いたいものはいくらでもあるわ」ドリスは笑った。「でも今日はいろいろ見て歩こうと思うの。ウインドーショッピングって大好き！　わたしね、ぶらぶら歩いていてぱっと気に入ったものがあるとすぐに買ってしまう癖があるのよ。いつもカールに叱《しか》られるのだけれど」

レオニーは笑った。彼女自身、今までそんな無計画な買いものなどしたことはなかった。何かを買うのはそれが必要だからで、食料品にせよ衣類にせよ、前もって予定を立てて買うのが常だった。限られた収入で暮らす生活は金銭感覚を養うのに大いに役立ったようだ。

車を止め、二人は広々としたショッピングセンターをゆっくり歩きながら、デザイナーの自己満足としか思えないような飾りつけのウインドーをのぞいた。ドリスは立ち止まり、上品なカーフのハンドバッグを熱心に見つめた。

「すてき。ね、そう思わない？」

「本当に、とてもいいわ」値札はついていなかったが、いずれにしても目の玉が飛び出るほどの値段だということは間違いなかった。

「そう……これにしようかしら……でも、まずこれと合う靴を探さないと。靴を見つけたらまた戻ってくればいいわね」

お目当ての靴を見つけたのはそこから一キロ近くも先で、そのころには歩き疲れて足がずきずき痛んでいたが、ドリスはまったく元気だった。靴を買って店を出ながら、ドリスは楽しそうにレオニーを見やった。

「もう歩けそうもないわね？」金持特有の気安さでドリスがぱちんと指を鳴らすと、タクシーがどこからともなく現れ、レオニーは感心した。タクシーが必要なときにうまくつかまえられたためしがなかったのだ。

さっきの店に戻ってハンドバッグを買い、ドリスは陽気なおしゃべりを絶やさずにレオニーのフラットへ向かった。

「最初の夜にディアーヌに会ったのは不運だったわね。でもかえってよかったのかもしれないわ。まず初めに難関を突破してしまえば、あとは楽ですもの」

レオニーは笑った。「あなたもディアーヌが苦手なの？」

「あの人を好きになる人なんかいるかしら？」

「ジョージは？」

「かわいそうに、完全に尻に敷かれているのよ」

レオニーは思わずほほ笑んだ。「でも、ジョージはとてもいい人だと思うけれど」

「ええ、みんなに好かれているわ。でも好きで彼女と結婚したんですもの、わたしに言わせればそれだけで失格よ」

「人間て、必ずしも愛する人を自分の意思どおりに選べるとは限らないわ。ディアーヌはとても美しし……」

「毒へびもね。でも両方とも危険よ」

ドリスはフラットの前でレオニーを降ろし、手を振って走り去った。ポールはすでに戻っていて、手にした本の端をいらいらといじっていた。

「やっと帰ってきたね」部屋に入ってきた妻を見上げて、彼は本を置いた。「何かあったのかもしれないと心配していたところだ」ブルーのまなざしは探るように相手に注がれる。「ドリスと出かけるというメモがあったが」

「いっしょにショッピングに行ったの」レオニーは椅子に座り、靴を脱ぎ捨てて足首をさすった。「買いものをするときのドリスったら真剣そのものなの。わたし、もうくたくただわ！」

ポールは床に膝をつき、もう片方の足首をマッサージしながら目を上げた。

「ほかのだれかに会った？」

「いいえ、なぜ？」

「いや、べつに。ただちょっと心配だったから」

「心配って、どんなことが？」

「出かける前にジェイクから電話があった」ポールは無表情に言った。「昼食に誘われたが断ったんだ」

「それでわたしを疑ったのね？　午前中、こっそり彼に会ったかもしれないと？　ひどいわ！　わたしが信じられないの？」

「君のことは信じている。ただジェイクを信じていないだけだ」

「わたし、うそはつかないわ。もしジェイクに会ったらあなたにそう言うし、つまらない隠しだてをするつもりはないのよ」

ポールはうなずき、視線を落とした。「とても美しい脚だ。ほっそりと伸びてしなやかで……」彼の指は足首からふくらはぎへとゆっくりと滑ってゆく。「君はすばらしい女性だ。ジェイクが君に注目しても不思議はない。彼が君に熱を上げることは予測できたんだが、まさかあんなに早く現れるとは思わなかったからね」ポールは顔を上げた。「彼を見くびってはいけない。こと女性に関しては手が早いし、目的のためには手段を選ばない男なんだ」

「ええ、わかったわ。さ、お昼を食べに出かけましょう。おなかがぺこぺこ！」

ポールは立ち上がり、レオニーはもう一度靴をはこうとして顔をしかめた。

「かわいそうに、だいぶ疲れたようだね」

「今度ドリスにつきあうときは車椅子で行くわ」

ポールは声をあげて笑った。「カールがいつもこぼしているよ。ドリスはなんとか亭主を買いものに連れ出そうとするらしい。一人で町を歩くのがいやなんだろう」

「前もって教えてくだされればよかったのに！」

二人はセーヌ川沿いのレストランに行き、見晴らしのいいテーブルに着いた。レオニーはとてもおなかがすいていてほとんどなんでも食べられる気分だったが、それでもとびきり上等の料理をうれしく思わないわけにはいかなかった。

食後、フランスのいなかを二、三時間ドライブし、気の向くままに車を止めた。きのうの気の重いパーティーとは無縁の、まるでおとぎばなしの世界に迷い込んだかのような、それは心楽しい幕間《まくあい》のひとときのひとき。レオニーはこのひとときが永遠に終わらないことをひそかに願った。ポールは明るく思いやりに満ちたガイドで、フランスの昔話や、料理やワインについて話してくれた。

「この国を心から愛しているのね」彼が口をつぐんだとき、レオニーはハンサムな顔を見つめてつぶやいた。

「とても」ポールはほほ笑んだ。ブロンドの髪が額に落ちかかり、レオニーは手を伸ばしてそのひと房に触れたいというあこがれに突き動かされた。

二人の視線はからみ合い、ブルーの瞳がふっと色を増す。逆らうことなど不可能で、レオニーは彼の抱擁に身を任せ、魂の底まで揺さぶるような情熱にのみ込まれて唇を開いた。平和な午後の光はけだるいぬくもりとなって体に忍び込み、最後の理性のかけらを溶かし去った。胸を波打たせて彼の首に腕を巻きつけながら、もし今夜ポールが部屋に入ってきたら決して拒むことはできないだろうと、レオニーははっきりと理解していた。

唇が離れ、レオニーは目を閉じたまま彼を引き寄せようと小さくうめいた。しかしポールはエンジンをかけ、彼女は仕方なく腕をほどいて目をあけた。険しい表情で眉根を寄せ、ポールは無言のうちにドライブを続ける。何を怒っているのだろう？　またもや誘惑に負けたことで自分自身に腹を立てているのだろうか？　ポールの態度はいつも謎《なぞ》めいていて、レオニーは、いつかは彼が理解できるという楽観をとうの昔に捨てていた。二人が取り引きに合意した時点では、この結婚が形式だけのものだということははっきりしていた。ところが今、ポールは肉体的にも結ばれることを要求している。ジェイク・テニソンとのスキャンダルに巻き込まれるのを恐れたのがきっかけとしても、昨夜の愛の行為には偽りのない激しさがあった。頭ではポールの動機を疑いながら、レオニーの体は真実の情熱を感じ取っていた。いったいポールはどんなふうに思っているのだろう？　この結婚に対してまだ恨みを抱いていて、燃えるような愛撫は形を変えた報復にすぎないのだろうか？

パリに着いて以来ともに暮らしてきた不機嫌な男性、たった今熱い抱擁を交わした男、コーモスで知っていた陽気でチャーミングな青年、それぞれを一人の人間として一致させるのはむずかしかった。

その夜、彼らの建物から数ブロック離れた高級フラットに住むエミリーとクラウスのところで食事をした。二人の男性が本棚に寄りかかって仕事の話をしている間、白い長椅子の端で女同士のおしゃべりが続いた。

「あの人たちを見て」エミリーが声をひそめてささやいた。「まるでフットボールの話をする少年たちみたい。男の人って決しておとなにならないのかしらね？　一生なんらかのゲームを楽しんでいるのよ」

「女性にしてもそうじゃない？　子どものころはお人形遊びで母親役を楽しんだし。子どもの遊びって、すべておとなの生活をまねているんじゃないかしら？」

「でも、少女が成人するとそれは現実のものになるけれど、男性にとって仕事は相変わらずゲームなのよ。ビジネスの取り引きであれ女性に関する問題であれ、とにかく勝たなければならないゲーム。状況がそうさせるのでしょうけれど。女の場合、子どもを産むという事実が突然わたしたちをおとなにしてしまうでしょう？　新しい命の責任を持つという状況はこの上なく厳粛だわ」エミリーはくすっと笑った。「じきにわたしもそうなるのだけれど」

「まあ、赤ちゃんができたの？」レオニーは胸をわくわくさせてきいた。「予定日は？」

「まだ六カ月も先のことよ。今のところまだだれにも話していないの。妊娠していることがわかったらパーティーから締め出されてしまうわ。妊娠した女性は無能扱いされて、まあお気の毒に、って片づけられるのよ。そんな体つきで人前に出たくはないでしょうってわけ！」エミリーは顔をしかめた。「だから、まだだれにも言わないわ。ご主人、お喜びになったでしょう？」

「もちろん言わないでね」

「もう大変なの。まるで彼一人の手柄みたいな顔をして、世界じゅうに触れ歩かんばかりだったわ」エミリーは幸せそうに笑った。「彼に口止めするのは大変だったのよ。でもディアーヌはうすうす勘づいているみたい。あの人、意地悪だけれど直感力は鋭いんだから。特に女性の妊娠に関してはね」

相手の尋ねるような表情に、エミリーは耳もとでささやいた。「ディアーヌには子どもが産めないの。ジョージも子どもを欲しがったのだけれど、ドクターはそれは不可能だって宣言したのよ」

「それであんなふうに……お気の毒ね」

「同情はするけれど、だからといってディアーヌを好きになれるとは思えないわ。ひどく意地が悪いんですもの」

「さぞかしつらいでしょうね」

「一番気の毒なのはジョージよ。彼ならすばらしい父親になれたでしょうに」

「だれが？」近づいてきたクラウスが優しく声をかけた。

「あなたの話じゃないことは確か」エミリーは笑顔で夫を見上げた。

「じゃ、ポールの話？」クラウスはポールを振り返って眉を上げた。「まさか、もう赤ちゃんができたんじゃないだろうね？」

「いや、ぼくの知る限りではまだだ」ポールは陰気に言い、ブルーの目をちらっと妻に向けた。

「ここにいない人の話をしていたのよ」エミリーが言った。「でもレオニーには私たちの秘密を打ち明けたの、ダーリン」

クラウスは顔を輝かせた。「特別の葉巻と極上のブランデーをあける口実ができてうれしいよ」

「どういうことだい？」ポールはエミリーにほほ笑みかけた。「つまり、すばらしい父親になるのはクラウスってわけ？」

「そうなってくれるといいんだけれど」エミリーは楽しそうにうなずいた。

「それじゃ、ブランデーは控えておいたほうがいいな」とポール。

エミリーはため息をつき、レオニーに顔をしかめて見せた。「男の人ってすぐこうなんだから。もしクラウスの好きにさせたら、わたしはこれから六カ月間、真綿に包まれて戸棚にしまい込まれてしまうでしょうね」

「そんなことはしないさ」クラウスが訂正する。

「毎日眺められるように、ガラスのケースに寝かせておくよ。白雪姫みたいにね」

「白雪姫をガラスのケースに入れたのは七人の小人たちよ」エミリーは言った。「そして王子さまに助けられるまで眠っていなければならなかった」

「うちの場合は反対だ。王子さまが君をガラスのケースに入れ、小人が助けに来る」

「わたしの赤ちゃんがあんなお年寄りみたいだというつもり？」エミリーはむっとしたように言った。

「赤ん坊はたいていしわしわなものと相場が決まっているからね」クラウスはからかう。

「わたしの子は違うわ。きっと玉のように美しい赤ちゃんよ」

「ぼくに似て？」

エミリーは夫を軽くこづいた。「うぬぼれ屋さん！」

彼らはいっしょになって笑い、その夜は幸せな気分で過ぎていった。

家に帰ってもその余韻が残っていて、ポールは鼻歌をうたいながら二人分のホットチョコレートを作り、レオニーはラジオをつけ、快いダンス音楽に耳を傾けた。

「イギリスにいる彼のことを思い出す？」ブルーの瞳を半ば閉じたまぶたに隠し、ポールが突然そうきいた。

レオニーはきょとんとした顔で夫を見上げた。

「イギリスにいる彼って？」それからすぐに質問の意味を理解し、赤くなった。「いいえ」

「その男を心から愛していたんだね？　さもなけれ

ば傷つくこともなかったはずだから」

「口先だけのせりふを真に受けてしまうほど無経験だったということだわ」

「いつか君は、ぼくとその男がよく似ていると言ったね？」ポールはじっと妻を見つめた。「今でもそう思う？」

「いいえ。あんなことを言って悪かったわ。もちろん本気で言ったわけじゃないの、ただ……」

「ただ、ぼくを傷つけたかった？」

「そうかもしれない……」

「で、彼のことは思い出さない？」

「まったく思い出さないわ」レオニーはきっぱりと言い切った。

ポールは相手の視線をとらえたままゆっくりと近づいてきた。ちょうどそのとき電話のベルが鳴り、彼は小声で毒づいて隣の部屋に入った。

ベルの音はやみ、不機嫌な声が聞こえる。「もしもし……」しばらくひっそりと沈黙が続き、それから衝撃を受けたような低い叫び声がした。

「まさか！　でもどうして……」再び静かになり、冷静さを取り戻したポールが言った。「もちろんだ、ディアーヌ、すぐに行く」

ディアーヌ？　鋭い嫉妬《しっと》の矢が胸を貫く。こんな時間にどうしてポールを呼び出す必要があるのだろう？　ポールにしたって、どうして誘いに応じる必要があるのだ？　みんなが思っているより二人の関係は深かったのかもしれない。もしそうであれば、ディアーヌの敵意が嫉妬に裏打ちされていたことも不思議ではない。

ポールは再びジャケットに腕を通しながらドアのところに現れた。

レオニーは不安を覆い隠してクールに彼を見つめた。

「出かけてくる。ディアーヌから電話で、ジョージが心臓発作で倒れたそうだ」

「まあ、ジョージが!」レオニーはつまらない想像をめぐらせた自分を恥じた。「何かわたしにできることはない？　いっしょに行きましょうか？」

「いや、君は先にやすんだほうがいい。疲れているようだから。ジョージはすでに入院していて、ディアーヌは知らせを待つ間一人ではいられないと言っている。相当ショックを受けているらしい。きのうはあんなに元気そうだったのに——」

「ディアーヌはさぞかし心配しているでしょうね」

ポールはため息をついた。「じゃ、おやすみ、あまり遅くまで起きていないように」

一人になるとレオニーは部屋を片づけ、シャワーを浴び、ベッドに入ったが、頭がさえて眠れず、枕の上で何度も寝返りを打った。

夫に対するディアーヌのさげすみが思い出される。ああいった態度の裏に本当の情愛が隠されているのだろうか？　いや、とてもそうは思えない。夫の発作でディアーヌがショックを受けたことは疑わないが、こんな場合に特にポールが呼び出されたことが気にかかった。

もしジョージに万一のことがあったらディアーヌは自由になる……。

レオニーは不安にかられて起き上がり、唇をかんだ。そんなことを考えるのは残酷で卑劣だとわかってはいても、どうにもならなかった。

ディアーヌが自由になったらポールはどうするだろう？　あの洗練された美しさ、女らしさと戦う武器はない。それに、ディアーヌは昔からポールを知っており、共通の過去をわかち合っているだけ有利な立場にいた。

頭がずきずきと痛み、レオニーはバスルームの棚を探してアスピリンを見つけると二錠飲み、推理小説を持ってベッドに戻った。

なんとか複雑な筋書きに集中しようとしたが、登場人物たちはいかにも突飛だし、悪趣味な設定で、とても夢中になれるような代物ではなかった。ようやく眠りに誘われ、レオニーは明かりを消してベッドに沈み込んだ。

目を覚ましたとき、ほかの部屋で掃除機がうなっているのが聞こえた。朝の光がどんよりとたれこめている。レオニーはベッドからおりて窓辺に近づいた。空気に雨の匂《にお》いがする灰色の朝。それは今の気分によく似合っていた。

通りかかったレオニーに、マダム・ドゥラージュはさわやかにあいさつした。

心は石のように冷たく、重い。オレンジジュースを飲み、学生時代のフランス語を思い出しながら新聞に目を通し、濃いコーヒーをすすった。

ポールはまだ帰っていない。部屋は空っぽで、ベッドはきのうのまま きちんと整っている。

十一時にドリスから電話がかかった。「ねえ、聞いた?」

「ジョージのこと? ええ聞いたわ」

「ポールがけさカールに電話してきたの。ジョージはどうやら持ち直したようだけれど、危険な状態であることには変わりないらしいわ」

「ディアーヌはどうしているのかしら?」レオニーはそうきかずにはいられなかった。ポールは友だちの家に電話をかけたのに、自分の家には連絡ひとつよこさなかった。いったいどういうことだろう?

「さあ。ポールの話ではとても気落ちしているということだけれど、なにしろ男性用の顔と女性に見せる顔を区別できるディアーヌのことですもの。この目で見ないとなんとも言えないわ」

「でもきっとショックだったに違いないわ」

「それはそうでしょう、最初はね。でもいつまで続くかわかったものじゃないわ」

「夫婦間のことは他人にはわからないものよ」

「そうかもしれないわね」ドリスは認め、穏やかに笑った。「あなたって優しい人。ポールもずっと彼女につききりだったんでしょう?」

「ええ」レオニーは慎重に答えた。「わたしたち、ディアーヌを一人にしておけないと思って」

しばらくの沈黙のあと、ドリスが言った。「元気を出して。今日、お昼をいっしょにしない?」

「ありがとう。でもポールから連絡があるといけないから家にいるわ」

「わかったわ」

受話器を置くと、レオニーはキッチンに行って何があるか調べた。もしポールが帰ってきたら簡単なサラダでも作ろう。もしポールが帰ってきたら……。

マダム・ドゥラージュは仕事を済ませて帰ってゆき、レオニーはキッチンでコーヒーを飲みながら夫の帰りを待った。時間はのろのろと過ぎてゆく。一時、たいして食欲もなかったがサラダを少し作って口に運んだ。

どうして電話をかけてこないのだろう? どんなに心配しているか知っているはずなのに。ほんの一分もそばを離れられないほど、ディアーヌはポールにすがりついているのだろうか?

三時に玄関のベルが鳴り、レオニーはびくっと身震いして椅子からとび上がった。

ポールがドアの鍵《かぎ》を忘れていったのかもしれない。急いでドアをあけると、そこにはネイビーブルーのシルクシャツをのぞかせ、デニムスーツをさりげなく着こなしたジェイクが立っていた。

「まあ、ジェイク、あなただったの」レオニーはがっかりしたように言った。

「いけなかった? だれかを待っていたの?」ジェイクは室内をのぞき込んだ。「ポールは?」

「聞かなかった? ジョージが心臓発作を起こした

ので、今病院に行っているの」

ジェイクは抜け目なく目を細くした。「あのお美しい奥方を慰めに？　もちろん彼ならそうするだろうね」

「何か伝言でも？」レオニーは動揺を隠してきいた。

ジェイクは冷たい指先でほっそりした顎をとらえた。「まるで幽霊みたいに血の気がないね。何か飲んだほうがいい。外に車を止めてあるから、さあ、ちょっと出かけよう」

レオニーはためらった。「ポールが帰ってくるといけないから、わたし、ここにいるわ」

「君は玄関マットじゃないんだ、ダーリン。じっと待っていたってなんにもならないさ」

ジェイクの言い方はレオニーのプライドをちくりと刺した。彼女は迷い、それから肩をすくめる。

「ええ、そうね。でも、メモを残していくわ」

比較的静かな通りにある小ぢんまりしたワインバーまでドライブし、二人は人けのない隅の方に座ってプロバンス・ワインを飲み、焼きたてのクロワッサンを食べた。

ジェイクはプロバンス地方について説明し、すでに使われなくなったその地方の古語、今も美しい詩が残っている、オック語の話を熱っぽく語りきかせた。「プロバンスに小さな家を持ってるんだ」とジェイクは続ける。「屋根はローズピンクで、取り立てて言うほどの設備もないいなか家だが――いつか君を連れていきたいな。きっと気に入ってくれると思う」彼はレオニーの顔を見つめた。「そこに人を招くことはめったにないんだ。ぼくの聖域を侵されたくないからね。でも君ならあの家の雰囲気を理解してくれるだろう。ぼくにはわかる」

「あなたはわたしのことを何ひとつ知らないわ。二度、それもほんの短い時間、会っただけですもの」

「一回会えば十分な場合もある」

レオニーは問いかけるようなまなざしをジェイクに向けた。今この瞬間、彼の瞳に偽りはない。しかしかすかな警戒心が頭をもたげた。ポールが言ったように、ジェイクはわたしに対して特別な感情を抱いているのだろうか？　とても魅力的で女性の扱いのうまい、経験豊富なこの男性を、どこまで信じていいのだろう？　自分の男性経験など皆無に等しいし、ただ一度の恋も惨憺《さんたん》たる結果に終わったわけだから、異性を見る目に自信があろうはずもない。

ジェイクは疑わしげな顔つきを見て皮肉っぽく微笑した。「どうやらポールからぼくの評判を聞いたらしいね」

「ドンファンなんですって？」レオニーはほほ笑んで認めた。

「ぼくはポールとは違う」

「主人のことは話したくないわ」レオニーは唇をかみ、ジェイクはふっと笑った。

「オーケー。その代わりに君の話を聞きたいな。どこで生まれたの？　今までどんなふうに暮らしてきたんだい？」

「イギリスで生まれたのはご存じでしょう？　そこの寄宿学校からアートスクールに進んで、広告関係の仕事をしていたの」レオニーは仕事の話をし、ジェイクはときどき質問をさしはさみながら興味深げに耳を傾けた。レオニーはふと、自分が不幸な恋愛について話していることに気づき、どんなきっかけでそうなったのかいぶかしく思った。ジェイクには、人からうまく真実を引き出す才能があるらしい。

「君は本当に初心《うぶ》なんだね？」

レオニーは頬を染めた。「そうらしいわ」

彼は手を伸ばしてそっとばら色の頬に触れた。

「当然ポールもそう言っただろうが、その純真さがすばらしいんだ。たまらなくチャーミングな取り合わせ……」

レオニーは彼の手からさっと身を引いた。「取り合わせって？」

「情熱を秘めた純粋さ……」ジェイクはうっとりとレオニーの顔に見とれた。「すてきな唇だ。ふっくらした下唇に愛らしくカーブした上唇、瞳は野性的な激しさをたたえるかと思うと内気な小鳥のようにもなる……」

レオニーは笑った。「まあジェイクったら！　それがかの有名なドンファンのやり方なのね？　でも残念ながらわたしには効かなくてよ。そんなこと言われても笑い出したくなるだけ」

ジェイクは調子を合わせて冗談を言う。「本当に？　どうやらほかの戦術を考える必要がありそうだ」

「無駄よ。わたしは興味ないわ」まっすぐに相手の視線を見返してレオニーは言った。「あなたの感情を傷つけたくはないけれど、ジェイク、本当にあなたとかかわり合うつもりはないのよ」

彼はゆっくりと視線をさまよわせた。「残念だな。君はとてもチャーミングな女性なのに」

「ありがとう、でも……」

「でも、答えはノー？」ジェイクはにっと笑った。「わかったよ、もう何も言わない。でも教えてくれないか、理由はポール？」

レオニーはますます赤くなって目を伏せた。

「そうか」ジェイクは小さくつぶやいた。「ポールは幸せな男だ。さあ、フラットに送ってゆこう」

「ありがとう」

ハンドルを握りながら彼はきいた。「ぼくといっしょだったたって話すつもり？　メモになんと書いてきたの？」

「ちょっと出かけると書いただけ。でもあなたといっしょだったとちゃんと話すわ」

「彼は喜ばないだろうな」

「ええ、そうね」レオニーはうなずく。「でも彼だって……」慌てて口をつぐんだがもう遅かった。

「彼だってディアーヌといっしょ？」ジェイクは鋭く指摘した。「かわいそうに、そんな状態なのか。ねえ、立ち入ったことをきくが、君たちの結婚が便宜上のものだって推測は当たっている？」

レオニーはどう答えるべきかわからない。「どうしてそう思うの？」

「ポールはコーモスに行く前まで会ったこともなかった君と突然結婚した。君たちはまたいとこ同士というから、これはアルゴンが一枚かんでいると考えたんだ。一族の財産を分散させないために――抜け目ないビジネス感覚だ」

「みんなそう考えているの？」

「だろうね。ポールは今までずっと独身を通してきた。みんな、彼は決して結婚しないタイプだと言い合っていたんだ。彼以外のただ一人の相続人との性急な結婚――答えはひとつしかない」ジェイクはじっとレオニーを見守った。「結婚前からポールを愛していた？　それとも、結婚してから？」

レオニーは小さくほほ笑んだ。「そんな質問にわたしが答えると思う？」

ジェイクは笑う。「いや、答えないだろうね。でもひとつだけ、ぜひ答えてほしい質問がある――君とポールはベッドをともにした？」

レオニーの顔に血がのぼった。「まあ、いやな人、よくもそんなことがきけてね！」

「ぼくの推理では、まだだ」

まぶたが恥ずかしそうに震え、ふっくらした唇に笑みが刻まれた。

ジェイクはふっと息を吸い込んだ。「いや、もしかしたらぼくが間違っていたのかもしれない……」

レオニーは驚いて相手の顔を見上げた。「プレイボーイの外見の下に抜け目ないカプレルの血が流れているポールのことだ、馬が逃げ出す前にうまやのかんぬきを掛けたのかもしれない」

「そんな言い方はないでしょう？」レオニーは頬を燃やして抗議した。

「独り言を言ったまでだ、気にしないで」ジェイクは軽い調子で続ける。「ぼくの直感が正しいかどうか自信はないが――ぼくたちがフラットで初めて会ったあの朝、ポールのぼくに対する態度は普通じゃなかった。でもあとになって考えてみると、もし噂《うわさ》どおりに君たちの結婚が便宜的なものであれば、君に近づこうとする男性にポールが神経をとがらせても不思議はないと思い当たったんだ。二人がまだ結ばれていなければ別れるのは簡単だ。ポールにしてみれば気が気ではないだろう。で、彼は手遅れにならないうちに状況を変えた。彼の立場だったらぼくも同じことをしたと思うが」

「あなたの言い方だと、すべてが計算ずくに聞こえるわ」レオニーは唇を震わせて弱々しく言った。でも、正にそのとおりではなかったか？　妻を支配下に置くための冷酷な計算？

フラットの前に車を止めてエンジンを切り、ジェイクは優しくレオニーの方に体を向けた。「真実を知っているのは君だけだ。ぼくはただ当て推量をしたにすぎない。今日イギリスに戻るけれど、友だちが必要なときは連絡してくれるね？　うそじゃない、ただの友だちとしてだ」

「ええ、ありがとう」レオニーは心を動かされた。

「君の誠実さが好きだな」ジェイクはくだけた調子で言った。「アドバイスしようか？　もしポールを愛しているならルールなんか忘れるんだ。ただ勝つために戦うこと」

レオニーは悲しげに笑った。「考えとくわ。自分が勝ちたいのかどうか、自信がないのよ」

真面目な顔になり、ジェイクはレオニーの手を取って唇を押し当てた。

手を引っ込めてそそくさと車から降り、レオニーは胸をどきどきさせてビルの中に駆け込んだ。ほんの一瞬、自分の中の何かがジェイクに反応したのに気づいてぎくっとしたのだ。確かにポールが言ったように、この男性は危険だった。

鍵を出して鍵穴に差し込んだとたんドアがあき、目の前に険悪な顔つきのポールが立ちはだかっていた。目は怒りに燃え、唇は気むずかしげに結ばれている。向かい合って立つ二人の間に、目には見えない火花が散った。

8

「窓から見ていた」ポールはかみ合わせた歯の間から言った。「ジェイクが君の手にキスしたところはなかなか感動的だったよ。彼はきのうの夜からここにいたの?」

「なんてことをおっしゃるの!」レオニーは怒りに身を硬くした。「ベッドを渡り歩くあなたのガールフレンドといっしょにしないで!」

ポールは妻を家の中に引っ張り込むとばたんとドアを閉め、威圧的に立ちはだかった。

「君をベッドに誘うのはそれほどむずかしくなかったと思うが」

レオニーは反射的に手を上げ、ゆがんだ笑みを浮かべた顔をたたいていた。その音は二人の間にいつまでもこだまするかのようだった。

ポールはゆっくりと頬に手を当てる。目と目がぶつかり合った一瞬の沈黙のあと、彼は言った。「ジェイクとはずっといっしょだったのか?」

「二、三時間だったわ。何か飲みに行こうと誘ってくれたのよ。あなたは電話ひとつよこさないし、どこで何をしているのかさっぱりわからなかったわ。待ちくたびれて、とても孤独だった……」レオニーは非難をこめて彼を見上げた。「あなたは一晩じゅうディアーヌのそばにいたんでしょう?」

「夫が危篤で動揺している女性のそばにね」

「いまにも自由の身になるかもしれない女性のそばに」レオニーは言い返した。

「女ってのはそこまで冷酷になれるのか!」ポールは吐き捨てるように言った。

「女ばかりじゃないわ!」彼だって、ジェイクを寄せつけないためだけに約束を破ったではないか? 人のことを冷酷呼ばわりする権利などあるはずはない。

「ジェイクとは出かけるなと言ったはずだ」

「わたしはあなたの所有物じゃないわ! なんでも好きにできるのよ。わたしに何を期待していたの? いつ帰るともしれないだんなさまをじっと待っていろと言うの? どうして電話をかけてくれなかったの?」

「かけたかったが時間がなくて」ポールはいらいらと言った。「ディアーヌはひどく取り乱していて、そばを離れるわけにはいかなかったんだ」

「カールには連絡したのに?」

「ジョージが彼と会う約束をしていたから連絡してほしいと、ディアーヌに頼まれたんだ」

「それでも家にいるわたしには電話をかけさせなかった、そうなのね?」

「ディアーヌは動揺していて、それ以上彼女の気をたかぶらせるようなことはとにかくできなかった……」

「いずれにせよ、わたしのことなどどうでもよかったのでしょう？　だれよりもディアーヌが優先なのね？」

ポールは手を伸ばして妻の肩をつかんだ。「そんなんじゃないんだ」

「じゃ、どんなふうだったの、教えて？　あなたがその気になればいかにもそれらしい言い訳を考えつくでしょうけれど」

「いい加減にしてくれ」ポールはそう言いながらレオニーに背を向けた。「ジョージの容態は危険で、なんとかしてディアーヌを力づける必要があったんだ」

「それならどうして帰ってこられたの？　ディアーヌがあなたを引き止めなかったなんて驚きだわ」

「彼女の姉さんがニースから来たんで交代したんだ。精神安定剤を飲ませてベッドで休ませると言っていた」

「あなたなら薬なしで彼女をベッドに誘えたでしょうに」

「そんな言い方はよせ！」

「なんの根拠もないのにわたしがジェイクと一夜を過ごしたなどと邪推したのはだれ？」

ポールは表情を暗くして妻を見やった。「悪かったと思っている。ばかげた疑いをかけて……」

「ばかげているかどうか、わからなくてよ」レオニーは皮肉った。「あなたが言ったとおり、ジェイクはとても魅力的ですもの」

ポールは危険な表情で近づいてくると指先で妻の顎を上げ、サファイアのように冷たい瞳で見下ろした。「これ以上ぼくを苦しめないでくれ。あまり忍耐強いほうじゃないんだ」

勝つために戦えというジェイクのアドバイスを思い出し、レオニーはたかぶった思いに全身を震わせた。「わたし、あなたを苦しめていて、ポール？」

「レオニー……」ほとんど聞き取れないほどの声でつぶやき、ポールは手を引っ込めて彼女に背を向けた。「今は時間がない」

「なぜ？」

「一時間以内に病院に戻らなければならないんだ。ジョージが意識を取り戻して、遺言状の書き換えのために弁護士を呼んだ。そして立ち会い人の一人にぼくを指名したんで、行かなければならない」

「まあ、そうなの」レオニーはため息をついた。

「でも、ジョージは助かるのでしょう？」

「だといいが。発作から二十四時間、峠は越したと思っていいだろうね。大事をとれば徐々に回復するにしても、今までのように仕事を続けるのは無理だ。彼は人任せにできないタイプで、いつも働きすぎていたから、休息をとれといっても戸惑うだろうが」

「お気の毒に」

「そう、本当に気の毒だ」ポールはうなずき、話を変えた。「シャワーを浴びて食事をしたいんだが、何か食べるものはある？」

「何がいい？　オムレツならすぐ作れるけれど」

「それで十分だ」ポールはそう言うとバスルームの方に歩き出した。

十分後、ブルーのシャツにダークスーツを着たポールがキッチンに入ってきたとき、すでにテーブルの準備は整っていた。レオニーはチーズとトマト入りのオムレツを彼の前に置き、コーヒーをいれた。

「とてもうまい。料理がじょうずなんだね。君は食べないの？　それとも、ジェイクと何か食べてきた？」

「ワインを一杯飲んだだけ。わたしはあとで食べるわ」

「ジェイクと約束でも？」

「まさか」

「いいかい、たった今、彼が君の手にキスするのをこの目で見たんだ。ひとたび狙《ねら》いをつけたら、ジェイクは決してあきらめやしない。また戻ってくるさ」

「今日、これからイギリスに帰ると言っていたわ」

「ふーん、どうかな……」

「もちろんうそじゃないでしょう？」

ポールはいくらか安心したようだった。「そうだね、ロンドン支社は今のところひどく忙しいから、ここでのらくらしている暇はないかもしれない」それからさっとレオニーを見つめて言った。「寂しくなる？」

「わたしは彼についてほとんど何も知らないのよ」

「本当のことを聞きたいんだ、レオニー。ジェイクに惹《ひ》かれているんじゃないか？　ここに来た最初の日の朝、ぴんときたんだ。君たちがキッチンにいるところを一目見て、二人の間に何かあると。惹かれ合った男女には独特な雰囲気があるものだ」

「ええ、確かにジェイクは魅力的ね。でも魅力的な男性ならほかにだっているわ。二人の男女の間に何か起こるには、それ以上のものが必要じゃないかしら？」

「たとえば？」

「相手を尊敬する気持とか、友情に似た好感を覚えるとか」

「それで、イギリスのボーイフレンドには尊敬と好感を抱いた？」ポールはひやかし半分にきいた。

「その経験のおかげで悟ったのよ」レオニーはやり返す。「あのころは外面的な魅力に目がくらんでいたけれど、これからは相手のそれ以上のことを知りたいと思うでしょうね」

「ぼくについてはどんなことを知っている？」

「甘やかされていて、自己中心的だってこと」

「つまり」ポールはいやな顔をした。「ぼくには最初から勝ち目はないんだね？　魅力的なジェイクにも？」

レオニーは答えなかった。何か言えば自分の本心をさらけ出してしまいそうで怖かった。

「そう、レオニー？」ポールは引き下がらない。

レオニーは床に目をこらしてつぶやくように言った。「強引なやり方で約束を破って、あなたはわたしたちの関係を根こそぎ変えてしまったわ」

沈黙が落ち、しばらくしてポールが口を開いた。

「そのことで、君は決してぼくを許しはしない、そうだね？　翌朝、君はぼくを見ようともしなかった。あれ以来、ずっと自分のしたことを後悔していたんだ。頭がどうかしていたといっても言い訳にはならないが」ポールはさっと立ち上がり、椅子が音を立てて後ろに倒れた。「君自身も言ったように、君はコーモスに行くべきかもしれない。二人ともしばらく離れて暮らそう」

胸に痛みを覚え、レオニーは夫を見つめた。まるで邪魔になった仔猫《こねこ》みたいに、コーモスに送り返そうというわけ？　今やディアーヌが、じきに自由になるかもしれないディアーヌが優先権を持ったのだ。二、三カ月のうちに手紙で離婚を言い渡すつもりだろうか？　道理で、今となっては愛の一夜を後悔するわけだ。あのことさえなかったら、なんのトラブルもなしに結婚を解消できたのだから。

彼が独身を通してきたのはディアーヌのため？　連れ歩いていた美しい女優やモデルは、ジョージに疑われないための偽装だったのだろうか？

ポールが出てゆくドアの音は、広いフラットの中に、レオニーの頭の中に、空《むな》しくこだました。涙がとめどもなく頬を伝い、彼女はしっかりと目をつむった。

しばらくしてから、立ち上がって食器を洗い、部屋を片づけ、居間に行って電話を取り上げた。

荷造りをしたレオニーは最後に室内を見回すと、自分用の鍵《かぎ》をテーブルの上に置いた。手紙を残すまでもないだろう。自分がどこに行くか、ポールにはわかっているはずだから。

タクシーの中で愛とプライドとが激しく戦ったけれど、ついにはプライドが勝ちをおさめた。コーモスに行くようにとポールは言った。言われたとおりにするしかない。

その夜はアテネの騒々しいホテルに泊まった。通りをはさんだ居酒屋《タベルナ》からはギリシア独特の楽器、ブズーキのビートが響き、車がクラクションを鳴らしながらやたらにスピードをあげて走り回るかと思うと、犬のほえ立てる声が聞こえる、といった具合だった。

暑さも手伝って寝つかれず、レオニーは窓辺に座って、ブラインドの隙間《すきま》から明るい通りを見下ろした。

沿岸道路に沿って車のライトがほたるのように行き交い、着陸態勢に入った旅客機が数分おきにエーゲ海の上を低くかすめる。

夜明けがゆっくりと訪れ、束《つか》の間《ま》の冷気をもたらした。顔を洗い、レオニーは鏡の中の青ざめてこわばった自分に眉をひそめた。こんな様子では、何かよくないことがあったのだと気づかれてしまう。弱々しいほほ笑みを作り、血の気のない唇を震わせて、彼女はなんとか幸せな新妻を装おうとした。

「まあ、ひどい様子をして！」うわの空でコーモスへの旅を終え、迎えの車で屋敷《ビラ》に到着したレオニーを一目見て、クリュートは心配そうに叫んだ。「どうされたんです？　なぜお一人で？　ポールのフラットに何度も電話をしたんですがずっとお留守だったので」

「ただちょっと疲れているだけでどこも悪くはないのよ。心配しないで。ポールの親友が心臓発作で倒れたので、その方のためにいろいろしてあげなければならなくなったの。それで、当分はわたしがアルゴンのそばで暮らしたほうがいいと話し合ったのよ。ポールは忙しいし、パリにわたしの友だちは一人もいないし」

黒い瞳は探るようにレオニーを見つめた。「本当ですか？　ま、とにかくアルゴンのところに参りましょう」クリュートは納得したふうもなく言い、先に立って歩き始めた。

レオニーは落ち着かない気分でそのあとに従う。アルゴンにいろいろ尋ねられたらどうしよう。病人の前で感情を抑えきれなくなるのが何よりも心配だった。自分たちの間がうまくいっていないことを、アルゴンに勘づかれてはならないのだ。

額にしわを刻んで積み重ねた枕《まくら》に寄りかかり、アルゴンは曾孫《ひまご》の到着を待ちかねていた。レオニーは小走りに近づき、身をかがめて老人の頬にキスをした。アルゴンは優しく黒髪を撫《な》でながらクリュートと目くばせを交わし、彼女はそっと部屋から出ていった。

「そう」アルゴンはもっとよく顔が見られるように少し体を離した。「おまえはコーモスに戻ってきたのか」

「はい、そのほうがいいと思って」レオニーはジョージの発作について、そして彼のためにポールが奔走しなければならない事情について説明した。

「身内でもない男のために花嫁をないがしろにするとは」アルゴンは肩をすくめた。「しかしこれ以上何も言うまい。おまえはとても疲れているようだ、ベッドに入るといい」

クリュートが再び姿を見せた。「お部屋の支度ができできましたよ。軽いお食事も置いておきましたから、もしおなかがすいていたら召し上がってください」

「食事より眠ることだ」アルゴンはぶつぶつと文句を言った。「おまえたち女は胃袋のことばかり考えて、魂のことはほとんど考えんのだから。眠りはすべてをいやす万能薬だということを知らんらしい」

「まあまあ、それならどうぞおやすみください」クリュートは陽気に言い返した。「あとのことは愚かな女たちに任せて」

レオニーが笑うと、クリュートはほっとしたようにうなずいた。

「その調子ですよ。笑顔のほうがずっとよくお似合いです。さあ……」

せっかくの好意を無にしたくなかったので食事に手をつけ、それから服を脱いでベッドに入った。室内はひんやりと快く、ブラインドを通って流れ込む潮風が空気をさわさわと揺すっている。壁の上を移動する影を見つめているうちに眠りに引きずり込まれてゆく自分を、レオニーは意識していた。

翌朝はなんの不安もなくアルゴンと顔を合わせられた。一時間ほどベッドのそばでイギリスの新聞を読み聞かせ、彼が眠ってしまうと、階下におりて昼食の支度をするクリュートを手伝った。クリュートは英語で話したが、折に触れてギリシア語を教えてくれた。

「いつか、ちゃんとギリシア語を話せるようになりたいわ。英語と同じように、わたしの母国語なんですものね」

「そうですとも！」クリュートは我が意を得たりとばかりにうなずいた。「ギリシア語はとても美しい言葉です。それで、パリは気に入らなかったんですか？」

突然の質問に不意を突かれて、レオニーはうろたえた。「パリ？　いいえ、とても気に入ったわ。すてきな町ですもの」

「それでも早々に引きあげてきたんですか？」

「あのフラットでは何もすることがなくて、落ち着かないのよ」レオニーは用心深く言葉を選ぶ。「お掃除をする人が毎日来てくれるし、わたし、何もせずにぶらぶらする生活に慣れていないんですもの。退屈で」

「退屈？　ハネムーンが退屈なんですか？」

「ああ、クリュート」レオニーはそれ以上耐えられずに言った。「わたしたちの結婚がどういうものか、よくご存じのはずよ。わたしが幸せな花嫁だと信じるふりはしないで！」

クリュートは顔を曇らせた。「何があったんです？　ポールはあなたにつらく当たるんですか？もしそうなら……」

「そうじゃないの」レオニーはさえぎった。

クリュートはため息をつく。「さ、これでおしまい。しばらくビーチにいらしたらいかがです？」

「本当に、もう手伝いは必要ないの？」

「もちろんですとも。楽しんでらしてください」

ビーチに人影はなく、足跡ひとつない金色の砂浜に波頭が白く砕けている。一点の雲も見えない青空が広がり、白くきらめくかもめが空中を旋回しては水面をかすめる。

タオルの上に寝そべって空を見上げ、それからいきなり立ち上がると、レオニーは波の中に駆け込み、沖に向かって泳ぎ始めた。うねりに挑戦し、波にさらわれてゆくのは快く、背後に残してきた世界を捨てて、永久にこのまま泳いでいられそうな気分だった。しばらくあと、レオニーは再びビーチの方に引き返したが、魅惑的な海の青さから出る気になれぬまま、太陽がさし込む澄みきった水に潜った。白砂にダークグリーンの海草が揺らめいてほっそりと伸びた脚にからみつき、突然の人魚の出現に驚いた銀色の魚の群れが、慌てふためいて散り散りになる。唇に塩味を味わい、耳に波のとどろきを聞き、このだれもいない水中の世界で、レオニーはほとんどすべての悩みを忘れることができた。

そのあと体が乾くまで日光浴をし、満ち足りた気持で家に戻ると、アルゴンといっしょにお昼を食べた。二人はとりとめのないおしゃべりを交わしながらフィッシュサラダとできたてのピタを食べ、甘くて濃いギリシアのコーヒーをたて続けにお代わりした。食後、アルゴンはいつものように昼寝をし、レオニーも部屋に戻ってブラインドを下ろし、短い仮眠をとった。ものうい熱気が島全体に催眠術をかけたかのようだ。家畜も鳥たちも暑さを逃れて姿を隠し、あたりはひっそりとした静けさに包み込まれた。オリーブの葉をざわめかす風もとだえ、海でさえまどろんでしまう。

影が伸びるにつれ、すべてがよみがえり始めた。犬がほえ、小鳥が木立の中でさえずり、丘のどこからか羊のベルがちりちりと響き、遠くでのんびりした山羊《やぎ》の鳴き声がする。レオニーはベッドを離れて身支度を整え、クリュートを手伝おうと階段を下りていった。

アルゴンと夕食をとり、そのあと一時間ほど二人でチェスをした。ゲームに勝ったアルゴンが上機嫌でおやすみを言うと、レオニーは部屋に戻って眠くなるまで本を読んだ。

こうしたパターンがそれから毎日続くことになる。水泳、日光浴、読書、アルゴンとのおしゃべり、チエス。食事を楽しみ、午睡《シエスタ》をとる。満ち足りた夏の霞《かすみ》の中で、時間はゆったりと流れていった。

レオニーはあまりポールのことを考えなくなっていた。初めのうちはポールのさまざまな表情やしぐさが、ハムレットの父王の亡霊のように、寝ても覚めても姿を現しては彼女を悩ませた。しかしだんだんと、レオニーは意志の力で夫のイメージを抹殺していった。

ポールからはなんの連絡もなく、アルゴンとクリュートは慎重に彼の話題を避けていた。

ここに来てからしばらくは、いずれ彼から手紙なり電話なりで連絡があると思っていたが、間もなく、彼にはまったくその気がないことがわかってきた。おそらく離婚を考えているのだろう。もしかしたら、実際の離婚はアルゴンの死後にと思い定めているのかもしれない。レオニーにとってはもはやどうでもよいことだった。ただひたすら、ポールを忘れるのだという自衛本能のささやきに従って、彼の面影が浮かぶ寸前にさっと頭を切り換えるくせがついていた。

コーモスに来てから一カ月ほどたったある日、血の凍るような思いにとらえられた。恐ろしい重要性をはらんだいくつかの徴候……。

妊娠の可能性などあるだろうか？　突然血の気が引き、大きい瞳を見開いて呆然《ぼうぜん》と鏡の中の自分を見つめた。

もしあの愛の一夜がこんな結果をもたらしたとすると、なんという運命の皮肉だろう！

日数を数え、そのほかのきざしを待ち受けながら、クリュートには疑われないように用心した。クリュートに知られたら当然アルゴンに伝わるだろうし、アルゴンはポールに話すだろう。ポールに知られることだけはなんとしても避けたかった。子どもができたとわかれば、いやでもこのままの状態を続けようと考えるかもしれない。そんな結婚生活はお互いの恨みのために腐敗するばかりか、子どもにとってもいいはずはない。

いずれにしても事実を確かめる必要はあった。でも島のドクターにみてもらったら、噂《うわさ》はすぐに島じゅうに広がるだろう。

コーモスを離れる以外に方法はなかった。レオニーはアルゴンのところに行き、しばらくの間ロンドンに帰らなければならなくなったと話した。「ほんの一、二週間のことです。すぐに戻ると約束しますわ」

アルゴンは眉をひそめてレオニーを見つめた。

「そんなに急ぐのかね？」

「伯母《おば》が病気なので」レオニーはうそをついた。「きのう電話をかけたとき、わたしにとても会いたがっていたんです」

きのうイギリスの伯母に電話をかけたのは事実で、クリュートからそのことを聞いていたアルゴンはしぶしぶながら納得した。

二日後ロンドンに飛んでホテルをとり、ハーレー通りのドクターに予約を入れた。伯母にもこのことを知られたくなかったのだ。

ドクターはすぐに妊娠を確認し、とりあえず鉄分とビタミン剤を処方してくれた。

「お見受けするところとても日焼けして健康そうだが、ミセス・カプレル、妊娠中のご婦人は貧血を起こしやすいので食べ物に気をつけなければいけません。ミルク、新鮮な野菜、果物をたくさんとって、脂肪の多いものはなるべく避けたほうがいいでしょう」

ドクターのアドバイスに耳を傾け、それから一人になって考えようとホテルに戻った。どうしたらいいだろう？　残された何カ月かの間アルゴンを一人にしてはおけないし、かといってビラに戻って体調に気づかれたらついにはポールに知られ、恐ろしい事態に直面することになるだろう。

なんの結論も出せぬまま、レオニーは長い間ぼんやりと空《くう》を見つめて座っていた。

ようやく空腹を感じてきて客のまばらなホテルのダイニングに行くと、レオニーは並木道を見晴らせる窓辺のテーブルに案内された。

夕食の時間帯にはまだ早い。太陽はちょうど地平線のかなたに沈むところで、ロンドンの町並みはオレンジ色に染まっている。レオニーは注文を済ませ、ナイフやフォークをなんとはなしにもてあそびながら料理が出るのを待った。

「レオニーじゃないか！」

その声にびくっと震え、レオニーは青ざめた顔を上げた。

ジェイク・テニソンがすぐ隣に立ち、びっくりした表情で見下ろしている。

9

「こんなところで何をしているの？　ポールもいっしょかい？」ジェイクは目を丸くしてきいた。

「いいえ、わたし一人よ」そして急いでつけ加えた。「ここにいる親戚《しんせき》を訪ねてきたの」

「それじゃ、いっしょに座っていい？」ジェイクはほほ笑んだ。「一人で食事するのは寂しいし、こんなところで君に会うなんて例外的な幸運だからね。パリから帰って以来、ずっと君のことばかり考えていたんだ」ジェイクは向かい側の椅子に座り、両手の指を組み合わせてその上からじっと相手を見つめた。「なんとなく元気がないね。どうかしたの？　日焼けしてはいても、いくらかやつれて見える」

レオニーは笑った。「女はそう言われるとうれしいものよ。ありがとう、ジェイク」

彼もつられて笑う。「失礼。こんなこと言って悪かったかな？　でもそういったけだるい雰囲気も君によく似合っているよ」

レオニーは赤くなり、長いまつげを伏せた。

ジェイクはそんな彼女を見つめ、頬から首すじへの繊細な曲線、心の中の葛藤《かっとう》を物語る目の下のうっすらしたくま、官能的な唇の形を目でなぞった。

「最近はギリシアにいたんじゃなかった？」

「どうしてそのことをご存じなの？」レオニーは驚いて目を上げた。

「パリにはたくさん友だちがいるんだ。ゴシップはなんでも耳に入るさ」

「そうだったわね」レオニーは口をつぐみ、少ししてこう尋ねた。「ジョージはいかが？」

「ポールから聞いていないのかい？　ジョージはだいぶ回復して、今ディアーヌと六カ月の予定でカナリー諸島に保養に行っている。ポールはジョージの問題を片づけるのに走り回っていたようだ。ジョージは引退する気でいて、銀行側は彼の代わりに重役としての地位をポールにどうかと打診してきているらしい」ジェイクは目を細めてじっと相手の表情をうかがった。「何もかも初耳みたいだね？　ポールから手紙が来ないの？」

レオニーは思いきって彼の視線をとらえた。「わたし、あまり仕事のことには興味がないのよ」

ジェイクはふっと眉根を寄せた。「そう。で、これから君はどんなふうに暮らしていた？　その日焼けからして、だいぶ日光浴を楽しんだようだね？」

レオニーは笑顔を取り戻した。「ええ、コーモスで泳いだり体を焼いたり。島にいるととてもくつろげるの」

「日焼けは確かだが、くつろいだ様子には見えないな」

　レオニーはろうばいして視線を揺らめかせた。

「心配ごとがあるのよ」

「どんな？」ジェイクは身を乗り出した。

「アルゴンのことで……もうあまり長くは生きられないのよ。ご存じなかった？」

　ジェイクはほとんど失望したように肩を落とす。

「そう。残念だね。とてもいい人なのに」

「ええ、本当に。この何週間かで、ますますそのことがわかってきたわ。先のことは考えたくないの。考えると悲しくて」ジェイクが察するよりずっと多くの理由のために、とレオニーはひそかに考えた。

「新婚ほやほやにしては、君たちの態度はクールだね」ジェイクはゆっくり言った。「ロンドンにはいつまで？」

「あす、伯母《おば》に会いにいなかに行くつもり」

「どうやって？」

「列車で行くわ」

「ぼくが車で送っていこう」

「まあ、そんなことまでしていただくわけにはいかないわ。ご親切はとてもうれしいのだけれど」

「親切で言ってるわけじゃない。あす、また君に会いたいんだ」

「ジェイクったら！　そんなふうに言うのはやめて。わたし……」

「レオニー、ほんの少しの間でいい、考えるのをやめるんだ」ジェイクはさえぎった。「すべてを流れに任せて。そうすればいくらかでも気分が変わるかもしれない。ぼくにしたって、君を送っていくことで何ひとつ犠牲にするわけじゃないんだ」

　レオニーは唇をかみ、ためらった。これ以上ジェイクとの問題が加わらなくても、すでに十分すぎる重荷を背負っているのだ。

「いいね？」ジェイクはテーブルの上でレオニーの

手を握った。

逆らう気力もなく、レオニーは肩をすくめた。

「ええ」

たわいないおしゃべりをし、笑い合い、二人は食事にたっぷり時間をかけた。ジェイクは面白おかしい話をたくさん知っていて、食後のコーヒーを飲むころにはレオニーもすっかりくつろぎ、明るさを取り戻していた。

「こんなに早く切り上げるのはもったいないな」テーブルから離れながらジェイクは言った。「三十分くらい踊らない？」

「ええ、でももう部屋に戻って休んだほうがいいと思うわ」

ジェイクは彼女の肘をとり、音楽の聞こえる方に歩き出した。「またまた！　ちょっとした息抜きも必要さ。あまり深く考えないことだ。初めて君に会ったときのような顔を見せてくれないか？　あのころの君には今みたいな悲しげな表情はなかったよ」

彼は優しく言った。「頬を染め、とても愛らしく、ぼくの誤解に少々おかんむりだった――どんなにポールをうらやましく思ったか」

クラブはそれほど込んではいなかった。彼らは新しい曲が始まるまで片隅のテーブルに座り、それからフロアーに出てステップを踏んだ。ジェイクはとてもダンスがうまく、レオニーは快い音楽に合わせて彼のリードに身をゆだねた。

「わたし、本当に失礼するわ。とても疲れているの」二、三曲踊ったあと、レオニーは言った。

部屋まで送ってきたジェイクはレオニーから鍵《かぎ》を受け取ってドアをあけ、にっこりと笑ってそれを返した。

「おやすみ、ジェイク」

彼は素早く頭をかしげ、唇を盗む。二人で飲んだ極上のワインとクラブの熱気にいくらかぼうっとしていたレオニーは、聞きわけのよい子どものように顔を上げ、おとなしく立っていた。ジェイクは何やらうめいて唇を重ね、しっかりとしなやかな体を抱き締めた。優しく穏やかなキスはいつの間にか激しく貪欲《どんよく》なものになり、ふと我に返ったレオニーは当惑して彼を押しのけようとした。

ジェイクはすぐに抱擁を解く。「悪かった、レオニー。でも自分が抑えられなかったんだ。君はすばらしくチャーミングな女性だし……」

「わたしたち、もう会わないほうがいいと思うわ」

「そんなことはない」ジェイクは慌てて反対した。「二度とこんなことはしないと約束する。今のはちょっとした気の迷いだったんだ。あす、朝食を済ませたころ迎えに来るよ」

ジェイクは立ち去り、レオニーは部屋に入った。ドアに寄りかかり、じっと暗闇《くらやみ》を見つめる。ジェイクのキスは眠っていた情熱をよび起こしてしまった。それもジェイクへの情熱ではない。レオニーはポールへの激しいあこがれと闘わなければならなかった。

再びポールと会うことがあるだろうか？

翌朝は早く目覚め、朝食後すぐ出発できるように荷造りを済ませた。朝の澄んだ光の中で考えてみると、これ以上ジェイクと会うことがどんなに危険か、いっそうはっきりと理解できた。昨夜のキスはそのことを警告していた。ジェイク自身がなんと言おうが、彼は明らかにある限度を超えた興味を自分に対して抱いている。そして今このとき、打ち砕かれた心は誘惑にあまりにももろくなっていた。

メモを残して列車で出発しようと決心し、一人でホテルを出たレオニーは、車の中で待っているジェイクに気づいてはっと息をのんだ。彼は困惑を隠せない顔を見て笑う。

「君に逃げられるかもしれないと思って早めに来て

いたんだ。勘が当たったね」

「ジェイク、わたし、列車で行くわ。もしポールがこのことを知ったらきっといやがると思うの」

「わかるはずないだろう？　彼は今パリにいるんだから」ジェイクは気軽に言った。「ドライブする間君の伯母さんの話を聞かせてくれないか？」

「あなたって、本当に頑固な人」レオニーは思わずほほ笑んだ。

「そのとおり。だからぼくの言うことをきいたほうがいい」

気候も温暖で、美しいイギリスの田園地帯を通過するドライブは快適だった。途中ドライブインに寄り、小鳥たちがパンくずをついばんでいる、太陽の降り注ぐ庭のパラソルの下でお昼を食べた。

パンを小さくほぐして小鳥たちに平等に分けようとするジェイクを見て笑い、レオニーは久しぶりに幸福感を覚えて、その事実に戸惑った。ほんの何カ月か前まで幸福感は身近なものだった。でも今はこの束《つか》の間《ま》の喜びにも当惑し、不安になっている。レオニーは最近、幸せを期待しなくなっていた。すべてはポールのせいなのだ。

苦しみが湧《わ》き上がる。一度でこりたはずなのに、またもやハンサムな男性に人生を台無しにされてしまった。

目を上げたとき、ジェイクの心配そうなまなざしが自分に注がれているのに気づいた。彼は指先でそっとまつげに触れた。「泣いているんだね。なぜ？」

ほほ笑みが唇の上で震えた。「わからない……」

「そんな君を見るのはとてもつらい。話してくれないか、君とポールのことを？」

「もう行かないと」レオニーは立ち上がった。

表情を曇らせ、ジェイクはポケットに両手を突っ込んでそのあとに従った。残りのドライブはひっそりと沈みがちな気分のまま終わった。目的地に着くとジェイクは車を止め、ぼんやりと前方を見つめてシートに寄りかかった。

「着いたわ」レオニーは明るさを装って口を開いた。

「君たちの結婚は茶番かい？」くるっと体をよじって、ジェイクはいきなりそうきいた。

レオニーはぱっと赤くなり、それから青ざめる。

「そんな質問に答えるつもりはないわ」

「答えなくてもいい。ぼくにはわかっているんだ。君の顔にそう書いてある」ジェイクはレオニーの手を取ってぎゅっと握り締めた。「ぼくのところに来てくれないか？　時間をかけて、君がぼくを愛せるようにしてみせる。ポールは気づいていないらしいが、君の心の美しさがわからないほどぼくは愚かじゃない。きっと君を幸せにする。ポールと別れてぼくと結婚したらこのイギリスで暮らせるんだ」

いまにも涙があふれそうになり、レオニーはつぶやいた。「あなたって優しいのね。ありがとう。でもそれはできないことよ……」

そのとき突然、彼らは車のわきに立っている男の存在に気がついた。非難をこめた視線を浴びてレオニーは真っ赤になり、慌てて手を引っ込めた。ジェイクは身動きひとつせずにポールを見上げ、二人の男の目と目が合った。

レオニーは車から降りてポールと向かい合う。

「ここで何をしているの？」

「妻を探しに――おかしいかな？」ポールは吐き捨てるように言った。「君がここに来るとアルゴンから聞いて、さっそくきのうこっちに飛んだが君はいなかった」ブルーの目がきらりと光った。「なるほど、そのわけがわかりかけてきたよ」

ジェイクも車から降りていて、うつむいて黙っているレオニーのそばに近づいた。「そんなにびくびくすることはないんだ。ぼくがここにいる限り彼には何もできないだろう……」

素早く的確なストレートパンチがジェイクの顎をとらえ、次の瞬間、彼は地面に倒れていた。

「ポール、なんてことをするの！」レオニーは恐ろしさにあえぎ、ジェイクのそばにひざまずいた。

「大丈夫？」

心配そうな問いかけを黙殺し、ジェイクは顎をさすりながら立ち上がった。「不意を突くのはフェアじゃない！　もう一度相手になろうじゃないか」

「やめて！」レオニーは必死で叫んだ。頭がくらくらし、まるでエーゲ海の透明な水の中に引きずり込まれていくかのように、耳には波のとどろきが、唇には塩の味がした。

揺らめいたレオニーに気づき、ジェイクは倒れかかる体を支えてそっと抱き取った。

「彼女を放せ！」ポールはそう言ったかと思うとぐったりした体をジェイクから奪い取った。「家に入って医者を呼ぶように言うんだ。ぼくは妻をベッドに運ぶ」

一瞬、二人の男性の間に火花が散ったが、ジェイクは仕方なく家の方に走った。

伯母の家の小ぢんまりしたベッドルームで意識を取り戻したレオニーは、まだぼんやりした目で天井を見つめた。気むずかしい顔でベッドわきに立つポールの髪を、太陽が黄金色にきらめかせている。

夫の方に視線を移し、レオニーはふっと眉をひそめた。「ポール……」すべてを思い出し、彼女は起き上がろうとした。「ジェイクは？　あれから何があったの？　彼を傷つけやしなかったわね？」

「君の恋人は無事だ」ポールは意地悪く言った。「君が気を失ったおかげでね」

「わたしの恋人なんかじゃないわ」

「まだ？　ま、いずれにせよ時間の問題だが」

ドアにノックがあって、伯母のかかりつけの医者が部屋に入ってきた。彼は患者を安心させようと笑顔で声をかけた。「さて、どうなさったかな？　気を失ったと聞きましたが？」ドクターはちらっとポールを見た。「新婚の花嫁となれば答えは見当がつくというもんです」

ポールのいぶかしげな表情に驚愕《きょうがく》がとって代わる。彼は、赤くなって枕《まくら》の上で震えている妻にさっと視線を投げた。

「しばらく休めば元気になるでしょう」脈を調べ、いくつかの質問をしたあと、ドクターは言った。「よくあることです。特に心配ないと思いますよ」彼は患者の手を優しくたたいた。「しかし何かあったらすぐに知らせてください。妊娠初期は注意が必要ですからね。ゆっくり休んで軽い食事をなさるといい」

ドクターが出てゆくとポールは窓の方に歩き、外を見つめた。「妊娠しているの？」

「ええ」レオニーは消え入りそうな声でつぶやいた。

いきなり振り返ると、ポールはブルーの瞳を燃やして妻を見つめた。「それなのにぼくには知らせてこなかった？」

「わたし……」

「ぼくには知る権利がない、そう？」

「あなたに話したくなかったの」レオニーは惨めな気持だった。「このことを知ったら……あなたは私に縛りつけられたと感じるでしょうから」

「そのとおり、ぼくはそう感じている」ポールはかっとなって叫んだ。「ぼくの子ども、そうなんだね？」

「もちろんそうよ！」

「いつまで隠しておけると思ったんだ？　いずれわかることなのに」

「それまでに、あなたは離婚手続きを始めると思ったわ」レオニーは小さくつぶやいた。

「そうなればジェイクと結婚できるから？」

「ジェイク？」彼女は不思議そうに相手を見つめた。「彼とはまったく関係ないことよ。あなたがディアーヌと結婚するために……」

ポールは体を硬直させ、じっと妻を見守った。

「なるほど、それで君はずっとコーモスに行ったきり、手紙ひとつよこさなかったのか」

「あなただって手紙をくれなかったわ」

「逃げ出したのは君で、ぼくじゃない。フラットに帰ったら君の姿はなかった。行き先を書いたメモもなかったので、ぼくは空港に電話をかけて、やっと君がギリシアに向かったことを知ったんだ。しかし追いかけようと思った矢先にジョージの容態が悪化して、ギリシアに行くことをやむなく断念せざるを得なかった。アルゴンに電話を入れたら、彼はしばらくの間君をそっとしておいたほうがいいと言ったんだ。ぼくはそのとおりにし、君が離婚を申し立てるのを待った」

長いまつげが美しい頬の上で震えた。「わたしが離婚を要求したら、あなたは同意なさった？」

「そんなことするわけがない！」ポールは断言した。「離婚したいという君からの手紙を待っていただけだ。なぜ君と別れるつもりがないか、その理由を話すいいチャンスになるだろうから」

かげった瞳が夫を見上げた。「今、そのわけを話して」

「君がいつものように元気になったら話そう」

レオニーはベッドから下り、いくらかめまいを感じながら立ち上がってみせた。「ね、見て！　もうちゃんと立てるわ」

ポールは心配そうに飛んできて無茶なやり方を叱《しか》った。「寝ているんだ！　赤ちゃんを失いたくはないだろう？」

彼に触れられただけで、レオニーの奥深くに潜む何かがこの上ない歓喜に張りつめた。まぶたを伏せ、かれんな花のように厚い胸にもたれかかる妻を抱き上げると、ポールはそっとベッドに下ろした。

そのまま目と目が合い、顔が近づき、ポールは喉の奥から絞り出すようなうめき声をあげた。「レオニー」

唇が重なり、探り合い、大胆に開き、二人は自然の力にかり立てられて激しく求め合った。ベッドに横たわったポールの手が体の上を滑る。レオニーは長く深いキスに頭がくらくらし、息もつけなかった。

再び失神するかと思ったそのときポールは顔を上げ、ほてった額から乱れた黒髪を優しくかき上げた。

「なぜ今まで黙っていたの？　なぜぼくをやきもきさせたの？」

「あなたがディアーヌを愛していると思ったから」

幸せ半分、後悔半分のため息をついてレオニーはささやいた。「わたしが愛されているなんて、とても考えられなかったわ。アルゴンが結婚の話を持ち出したときのあなた、かんかんに怒っていたでしょう？」

「当たり前だ。あのころ、すでに君を愛し始めていたんだから。コーモスへの機内で初めて会った君はとても頑固で、しかもとてもすてきだった。それなのにアルゴンは例の爆弾を落とした。君の前でぼくをこき下ろし、ぼくのほうはとっくに君との結婚を願っていたのに、条件つきで結婚を提案してきた……ぼくのプライドはどうなると思う？　もしぼくたちが便宜上の結婚をしたら何もかも台無しになることは目に見えていた」

「それならなぜ受け入れたの？」

「どうして断れる？」ポールは皮肉っぽく唇をゆがめた。「アルゴンがあんな提案をした以上、どんなやり方で君を口説こうが動機を疑われてしまうだろう。ああする以外に道はなかった。そしてゆくゆくは理解し合えるという望みをたくして結婚を決意したんだ。どうしてあの山小屋に君を連れていったと思う？　二人きりになって、君の胸にあるぼくへのさげすみをなんとか消し去る時間をかせぎたかったんだ」ポールはほほ笑んだ。「でも君は足首をくじいて、予定を切り上げて出発しなければならなかったが」

「でもパリでのあなた、とてもいやな感じだったわ」レオニーは恨みがましく言った。

「ジェイクを警戒していたんだ。彼とのつきあいは長いから、表情ひとつですぐわかる。君を見る目つきには普通以上の好意があったからね」

「やきもち焼きなのね」レオニーはほほ笑み、ポールは彼女の顎を小づくしぐさをした。

「イエス、マダム、ぼくは大変なやきもち焼きさ。ぼくたちの間のすべては微妙にバランスを保っていたと思わない？　だんだんと、君が優しくて愛らしく、とても情熱的にもなれる女性だということがわかってきた。あのころ、君にもすでに恋に落ちる下地ができていると、ぼくは踏んだね」

「まあ、そう？」レオニーは挑戦的に顎を上げた。

「ワインを飲みすぎた夜、君がどんなだったか忘れた？」ポールはにやっと笑った。「ぼくには大変な自制心が必要だった。どんなに君を愛したかったか！」

「パリでそうしたように？」レオニーはまつげの陰から彼を見つめた。

「あの夜、ぼくを憎んだ？　ジェイクに君を取られるんじゃないかという不安にかられて、どうしても君を自分のものにしたかった……強引にでも状況を変えればすべてが解決するかもしれないと考えたんだ」ポールは顔をしかめた。「正直言っていくらか酔っていた。ひとたびぼくたちが結びつけば、君がぼくを愛していることに気づき、何もかもうまくゆくようになるだろうと、漠然と思い込んでいたようだ」

「そうなっていたかもしれないわ」頬を染め、レオニーはささやいた。「でも次の日の朝、あなたはまるで別人のようだった」

「自分のしたことを恥じて、君の顔をまともに見られなかったんだ」

「まあ、ポール」レオニーは泣き笑いに顔をくしゃくしゃにした。「ポール、わたしの大切な人……」

二人は優しいキスを交わした。

「でも、ディアーヌのことは何も話してくれなかったのね」唇を離し、レオニーは言った。

「まさか、ぼくが彼女を愛しているなどと思ったんじゃないだろうね？　彼女と結婚した気の毒なジョージにいつも同情していたくらいなんだ。そしてジョージのために、ディアーヌにも親切にしてきた。ディアーヌは男ならだれでも自分に恋すると思い込んでいるようだが、実際は周囲のだれからも嫌われているんだ」

レオニーは信じられないといった面もちで黙り込み、ポールは声をあげて笑った。

「ぼくが信じられない？」

「だって、ディアーヌはすごい美人だわ！」

「雌のタイガーも美しいが、まともな男ならひとつの檻《おり》には入らないさ」

「ポール」レオニーは幸せそうにため息をもらす。

「わたしたち、すぐにギリシアに帰りましょう」

「どうしてそんなに急ぐの？　ドクターは少し休養するようにと言ったろう？」

「赤ちゃんのことを早く話して、アルゴンの喜ぶ顔を見たいの」

ポールはゆっくりと笑みを広げ、窓からさし込む光がそんな彼の金髪を燃え立たせた。レオニーは夫の顔を愛情あふれるまなざしで愛撫《あいぶ》した。

「ああ、ポール、愛しているわ」

きらめくブルーの瞳が妻を見返し、小さな笑いが彼の唇をぴくっと引きつらせた。「愛しているよ、ぼくの奥さん。今になってみればジェイクを気の毒だと思えるが、君たち二人が車でここにやってくるのを見たときは彼を殺してやりたいほどだった」ポールはふっと目を細くする。「ところで、きのうの夜はどこにいたの？」

「ロンドンのホテルに」レオニーは言い、笑いながら言い添えた。「わたし一人で」

「ジェイクとはどうして会ったの？」

「偶然だったのよ」レオニーはレストランで彼と出会い、食事をしてダンスをしたこと、翌朝はジェイクを待たずに出発するつもりだったことを話した。

「でもホテルの外で彼が待っていて、とても断ることなどできなかったわ」

「ジェイクのことだ、君のしそうなことを予測していたのだろう。ぼくが車のそばに行ったとき、彼は君の手を握って何を言っていたんだい？」

「あなたと別れて彼のところに来てほしいって」レオニーは正直に認めた。「彼にそう思わせたってこと、とても責任を感じるわ。わたし、とても落ち込んでいて、ついジェイクの好意に甘えてしまったの……彼に期待を持たせたとしたらわたしのせいよ」

「気の毒なことをしたね」ポールはうなずいた。「勝利者が敗北者に同情するのは簡単だ。ジェイクが勝つかもしれないと思っていたときはこうはいかなかったが」

「ジェイクだっていつかはふさわしい女性に出会うわ。彼はだれかを愛したがっていて、今度のことがひとつのきっかけになると思うの」

「君はいつからぼくを愛し始めた？」首すじに熱いキスを這《は》わせながらポールがつぶやいた。

レオニーは輝く金髪をそっと撫《な》でた。「あなたと会うよりずっと昔から」彼女は笑う。「ハンサムなプレイボーイのまたいとこの写真をたくさん集めていた少女のころから、あなたに会う日を夢みていたわ」

「それは初耳だ！」

「そんなことを知られるくらいなら死んだほうがましだったわ」レオニーは楽しそうに言った。「アテネに向かうフライトであなたに気づいたけれど、あなたのほうでは何も知らなかった」

「ぼくとしたことが！」

「ダーリン、あしたコーモスに帰りましょう。島で何もかもやり直すのよ。わたしたちのセカンドハネムーンを……」

ポールは肘で体を支えて起き上がり、枕の上に乱れる黒髪、情熱的な唇、うっとりと夫を見つめるうるんだ瞳を熱っぽく見下ろした。「そうしよう。コーモスの首長《マスター・オブ・コーモス》が花嫁を連れて島に帰る――新しい後継者が生まれるというニュースに島じゅうはお祭り騒ぎになるだろう」

「マスター・オブ・コーモス……いつかアルゴンがそう言っていたわね」

「カプレル家の家長に与えられる称号なんだ。いずれぼくたちの子どももそう呼ばれるようになる」

「わたしたちの子ども」レオニーは夢みるようにつぶやいた。「幸せすぎて怖いわ」

「怖がることはない。ぼくは君を世界一幸せな花嫁にするつもりだ」

「まあポールったら」レオニーは愛と喜びに瞳をきらめかして笑った。「わたしが出会った男性の中で、あなたはやはり一番の自信家だわ」

「そして君は、ぼくが今まで会った女性の中で最も意地悪で頑固な妖精だ。でも心から愛しているよ」

たくましい首に腕をからませて唇を重ね、レオニーはすべてを夫にゆだねて目を閉じた。

ハーレクイン®

ハーレクイン・ロマンス　1985年10月刊（R-418）

セカンドハネムーン
2020年1月20日発行

著　　者	シャーロット・ラム
訳　　者	田村たつ子（たむら　たつこ）
発 行 人	鈴木幸辰
発 行 所	株式会社ハーパーコリンズ・ジャパン 東京都千代田区大手町 1-5-1 電話 03-6269-2883（営業） 0570-008091（読者サービス係）
印刷・製本	大日本印刷株式会社 東京都新宿区市谷加賀町 1-1-1
装 丁 者	富永彩子

造本には十分注意しておりますが、乱丁（ページ順序の間違い）・落丁（本文の一部抜け落ち）がありました場合は、お取り替えいたします。ご面倒ですが、購入された書店名を明記の上、小社読者サービス係宛ご送付ください。送料小社負担にてお取り替えいたします。ただし、古書店で購入されたものについてはお取り替えできません。®とTMがついているものはHarlequin Enterprises ULCの登録商標です。

この書籍の本文は環境対応型の植物油インクを使用して印刷しています。

VEGETABLE OIL INK

ISBN978-4-596-55470-3 C0297

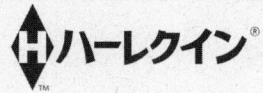

ハーレクイン・シリーズ 1月20日刊 発売中

ハーレクイン・ロマンス

愛の激しさを知る

白薔薇と金の瞳の幼な子	ジャッキー・アシェンデン／龍崎瑞穂 訳	R-3468
灰かぶりの純情	ピッパ・ロスコー／山本みと 訳	R-3469
家政婦失格の一夜	シャロン・ケンドリック／麦田あかり 訳	R-3470

ハーレクイン・イマージュ

ピュアな思いに満たされる

すれ違う愛	キャロライン・アンダーソン／北園えりか 訳	I-2595
平凡な司書の特別な週末	ニーナ・ミルン／中野　恵 訳	I-2596

ハーレクイン・ディザイア

この情熱は止められない！

億万長者の花嫁探し	スザンナ・アーウィン／琴葉かいら 訳	D-1883
忍び愛のシンデレラ	キャット・シールド／小長光弘美 訳	D-1884

ハーレクイン・セレクト

もっと読みたい"ハーレクイン"

エーゲ海に散る	アン・ハンプソン／高木晶子 訳	K-664
ベビーシッターの告白	テッサ・ラドリー／土屋　恵 訳	K-665
忘れ去られた恋人	インディア・グレイ／茅野久枝 訳	K-666

文庫サイズ作品のご案内

◆ハーレクイン文庫(HQB)・・・・・・・・毎月1日発売

◆お手ごろ文庫(HQSP)・・・・・・・・・・・毎月15日発売

◆mirabooks(MRB)・・・・・・・・・・・・毎月15日発売

※文庫コーナーでお求めください。

今月のハーレクイン文庫

1月1日刊

「マチルダの恋」

ベティ・ニールズ

いつか本当に結婚したい男性が現れる――そう信じて待っていた牧師の娘マチルダ。スコットと出会い、一目で恋に落ちるが、彼には美しいフィアンセがいた。

（初版：R-968）

「世界一のプロポーズ」

エマ・ダーシー

横暴な婚約者にセーラが別れを切りだすと、激昂する彼に乱暴されそうになった。たまたまいた友人の兄が救ってくれたばかりか、なぜか熱烈に求婚してきて…。

（初版：I-481）

「夫の過去」

ヴァイオレット・ウィンズピア

冷たい叔母のもとで孤独に耐えてきたティナは、ロンドンへ逃げた。心を許していた、父親ほども年上の富豪ジョンと再会し結婚するが、彼の過去がのしかかる。

（初版：I-30）

「忍び寄る悪夢」

ヘレン・ビアンチン

もう誰も愛さないと決めたイレーナを誘う男性が現れた。ギリシア人金融王のサンドロだ。彼に惹かれ始めた矢先、嫉妬する元恋人の魔の手が彼女を襲い…。

（初版：R-2310）

ハーレクイン文庫は1月刊から、毎月4作品刊行になります